KB056174

모리타 키세츠 지음
47AgDragon 일러스트
김정규 옮김

젊은이들의 흑마법 기피가
심각합니다만, **취직**해보니
대우도 좋고 **사장**도 **사역마**도
귀여워서 **최고**입니다!

5th
volume

Contents

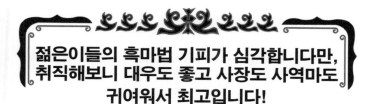

젊은이들의 흑마법 기피가 심각합니다만, 취직해보니 대우도 좋고 사장도 사역마도 귀여워서 최고입니다!

5

모리타 키세츠 지음 | **47AgDragon** 일러스트 | **김정규** 옮김

제 1 화

프란츠, 면접관을 맡다

최근에 우리 집 근처를 돌아다니다가 가련한 꽃이 피어 있는 걸 종종 보게 됐다.

조금씩, 1주년에 다가가고 있네.

사실 1주년이라고 하면 무슨 기념일 같으니까, 내 업무에 대해서 쓰는 건 이상한 표현이려나.

그러니까, 입사 2년 차에 들어선다.

하지만 아직 제대로 한 사람 몫을 못 하는 경우도 많고, 2년 차가 된다고 갑자기 업무 능력이 좋아지는 것도 아니지만.

하지만, 거기서 문득 마음에 걸리는 일이 있었다.

──신입사원이 들어온다는 이야기, 한 번도 못 들었네…….

네크로그란트 흑마법사의 사원 숫자를 생각해보면 매년 신입사원을 채용했다고 보기는 힘들다. 예를 들어서 파피스타냐 선배의 실제 연령은 70대다……. 내년에는 채용할 전망이 없을 가능성도 크다고 볼 수 있겠지.

하지만 채용할 생각이 있는지 아닌지는 신경이 쓰인다.

왜냐하면 후배가 생길지도 모르는 일이니까.

그런 이유로, 사장님께 물어봤다.

◇

"그게, 사실은 채용 공고도 올려놨거든요.

사장님은 그렇게 말하고 『신입사원 채용 빙~글빙글 내비게이션』을 꺼냈다.

"그건 학생들에게는 성전이라고도 할 수 있는 『신입사원 채용 빙~글빙글 내비게이션』 최신판이잖아요! 그것도 틀림없는 마법 관계 직업 부문이고!"

이 책에는 신입사원을 모집하는 회사들의 정보가 잔뜩 실려 있다.

마법학교의 취업 지원 센터에도 몇 권인가 놓여 있었다.

이 책에서 괜찮아 보이는 회사를 고르고 면접이나 시험을 보는 게 취업 활동의 기본이다. 이 책의 존재를 모르는 학생은 없겠죠.

"봐요, 흑마법 부문. 여기에 저희 회사도 실려 있어요."

거기에는 케르케르 사장님으로 보이는 강아지 귀가 달린 아이가 「흑마법은 즐거워요!」라고 어필하는 일러스트도 그려져 있었다.

그밖에도 간단한 업무 내용과 본사 위치 등의 기본적인 정보도 게재돼 있다.

신입사원치고는 너무 많은 것 같은 급료도 적혀 있고.

"어, 뭐야, 헤드 헌팅으로만 채용하는 게 아니었군요."

의외였다. 사장님은 능력은 있지만 이런저런 사정 때문에 일을 못 하는 사람들을 받아들이고 있다는 이미지였는데.

"갓 학교를 졸업한 사람이란 젊은 사람이라는 뜻이니까요. 젊은 사람들을 키우는 것도 중요한 일이에요."

옆에 있던 사장님의 사역마 게르게르가 "체스 실력도 키운다 멍"이라고 말했다. 그건 안 가르쳐도 돼. 하지만 체스 챔피언에게 배운다는 건, 체스를 좋아하는 사람한테는 최고의 환경인지도 모른다.

"어라, 그런데 저희 회사에서 면접을 본 기억이 없는데 말이죠."

"그야 당연하죠. 지원자가 0이니까."

사장님이 은근슬쩍, 절망적인 이야기를 했다.

"0명이라니, 그런 일이 있을 수도 있는 건가요……?"

올해는 지원하는 사람이 얼마 없었다는 이야기라면 이해할 수 있다.

한 명도 없다니, 이런 일이 있을 수 있는 건가?

"솔직히 천하의 『신입사원 채용 빙~글빙글 내비게이션』에도 실렸잖아요?! 셀 수도 없을 정도로 많은 학생이 이 페이지를 봤을 텐데!"

도저히 믿을 수가 없어서, 사장님 책상 위로 몸을 들이밀었다.

"저도 처음에는 그렇게 생각했는데, 이게 현실이랍니다. 하아……."

사장님이 웬일로, 약간 삐친 것 같은 표정을 지었다. 뭐,

일부러 지은 표정이겠지. 사장님만큼 화가 났다는 표현이 안 어울리는 사람도 없으니까.

"역시 아직도 흑마법이 인기가 없는 것 같아요. 그나저나 이 책을 보는 학생들 대부분이 처음부터 백마법 업계 페이지만 보니까 어쩔 수 없는 일이겠죠. 자, 프란츠 씨도 한 번 보세요."

사장님이 나한테 보여주면서 책장을 팔락팔락 넘겼다.

"이 책, 전체의 80% 이상을 백마법 관련 페이지가 차지하고 있어요."

"듣고 보니 지면 분량이 엄청나게 편중돼 있네요……."

실제로 회사 안내 자체도 거의 백마법 회사고, 흑마법이나 적마법 같은 기타 등등 마법에 관련 회사를 숫자를 셀 수 있을 정도였다. 마법이라고 하면 거의 백마법이니까.

"뒤쪽에 나머지 20%도 거의 회사 소개와 관계없는 기획 페이지나 광고가 많고……. 흑마법 업계에 대해서는 거의 아무것도 없는 것이나 마찬가지…… 그렇구나, 흑마법은 그렇게까지 마이너였구나……."

새삼, 흑마법의 입장을 느끼게 됐다.

"프란츠 씨도 작년에 이 책을 보셨을 텐데, 흑마법 관련 페이지는 보셨나요?"

그렇게 말하니 뭐라고 대답할 말이 없었다.

"그러네요……. 취직할 회사도 못 찾았으면서도, 백마법 페이지만 봤었어요……."

그래도 자기변호를 좀 하자면, 백마법 이외의 마법은 특수한 마법 학교에서 전문적인 교육을 받은 사람이니, 어릴 적부터 스승에게 배운 사람들이나 하는 것이라는 인식이 있었다.

　그래서 마법학교 학생들은 처음부터 백마법 페이지만 본다.

　사실 내가 있었던 마법 학교도 사실상 백마법사가 되는 지식을 가르치는 곳이었고.

　"그런데 이렇게 급여가 좋다고 적어뒀으니까, 흑마법이라도 누가 지원할 만도 한데 말이죠. 요즘 학생들은 돈이 많은가?"

　"그런 이유 정도라면, 개도 알 수 있다 멍" 게르게르가 말했다.

　개라고 해도 엄청나게 똑똑한 개지만.

　"게르게르, 무슨 소리야?"

　"급여가 너무 좋아서 오히려 경계하는 거다 멍. 흑마법이니까, 제물 같은 걸 바치는 일이라고, 학생들이 그렇게 생각하는 거다 멍."

　"하긴! 그런 측면도 있네!"

　나도 사장님을 직접 만나고 권유를 받아서 입사하겠다고 결단했지, 이 광고만 보고 입사할 생각을 했겠느냐고 묻는다면―― 그건 아니겠지.

　역시 흑마법 업계는 위험한 일이 많겠지, 돈을 아무리 많이 줘도 죽으면 의미가 없다는 생각에 도달했을 것이다.

"그건 저도 이해해요. 하지만 여기다 급여까지 적다고 하면, 대체 어떻게 될까요? 『백마법 업계와 같은 수준의 급여를 주는 흑마법 회사 따위에 들어갈 이유가 없지』라고, 그렇게 생각하겠죠."

"정말이네……. 그러면, 올 리가 없겠네요……."

과제가 꽤 많다.

이렇게 되면 후배가 들어오는 건 꿈같은 얘기겠네.

"현재 흑마법 쪽 신입사원분들은 지방에 있는 흑마법 전문 연수기관 출신이거나, 아리에노르 씨 같이 가업으로 흑마법을 하는 분들밖에 없어요. 저희는 그나마 다행이지만, 앞으로는 사람이 부족해서 도산할 위기에 처하는 흑마법 기업도 발생하겠죠."

세상 참 힘들다. 현대 사회는 흑마법에 대한 편견이 너무 심해.

그때 딸랑딸랑, 하고 사장실에 있는 벨이 울렸다.

손님이 오면 울리도록 설정된 마법 벨이다.

"어라, 누가 왔나 보네요. 오늘은 아무런 예정도 없었는데."

이 분위기는 혹시, 면접 지원자?

귀여운 후배가 생기려나?

내가 있으면 방해될 테니까, 일단 사장실 밖으로 나가기로 했다.

하는 김에 손님 얼굴도 보자.

귀여운 후배 후보, 와라. 귀여운 후배 후보! 나도 「선배」라고 부르는 소리를 들어보고 싶어!

하지만 3분 뒤에, 내 바람은 산산이 부서지고 말았다.

머리숱이 적은 아저씨가 사장실로 들어가는 걸 봤기 때문이다.

저 사람은 틀림없이 신입 채용이 아니겠지.

만약에 입사 지원자라고 해도 경력직 채용일 테고, 상당한 능력이 있는 사람일 것이다.

이 회사에서는 내가 1년 선배가 되겠지만, 아무리 그래도 업계 경력 차이가 너무 나면 선배 행세를 할 수도 없다. 아무리 정신이 나간 녀석이라고 해도 그런 짓은 못하겠지.

그리고 애당초 귀여운 구석이 없어. 어떤 의미에서 보면 내가 더 귀여울 지경이니까.

현실을 보자. 슬슬 일하러 갈 시간이다.

나는 아주 평범하게 그날의 업무 현장으로 가서 임프를 사역했다. 최근에는 늘 보수 작업 같은 일들이 많다.

내용에 따라서는 임프에다 와이트까지 소환했다. 와이트한테는 현장 작업보다는 임프의 관리를 부탁한다. 업무 범위가 너무 넓으면 나 혼자서 다 확인할 수가 없으니까.

"와이트까지 노동력으로 사용하다니, 주인님은 정말 위대하시네요. 몇 번이나 다시 반하고 있어요!"

업무 중에, 세룰리아가 눈을 반짝반짝하면서 날 칭찬해 줬다.

그래, 이런 귀여운 여자애가 옆에 있으니까, 귀여운 후배 같은 건 너무 큰 꿈이다. 지금 이대로도 충분히 행복의 정점이다.

"사람은 겸허한 자세도 중요하거든."

"흑마법적으로는 탐욕스런 게 더 좋거든요."

흑마법의 가치관에서 보면 그렇겠지만……

마침내 임프에다 와이트까지 돌아왔다. 나보다 훨씬 키가 크다. 임프와 비교하면 상당히 상급인 마족이다. 그쪽도 내가 아직 입사 1년차라는 얘기를 듣고는 깜짝 놀랐다.

"저쪽 습지대 관리 업무는 무사히 끝났습니다. 이쪽이 서류입니다" 와이트한테서 장부를 받았다.

"고마워. 앞으로도 잘 부탁해. 아직 젊고 미숙한 측면도 있으니까, 무슨 일이 있으면 얘기해주고."

"아닙니다, 서큐버스를 사역마로 삼은 분이니까, 저도 신뢰하고 있습니다."

와이트는 빙긋 웃었지만, 인간 기준으로 보면 생김새는 조금 기분이 나쁘다. 조금 스켈레톤처럼 생겼거든……

"당신 같은 사람이 있다면, 10년 정도는 새로운 사원은 필요 없지 않을까요."

그건 틀림없이 칭찬하는 말이겠지만——

역시 나한테 후배 같은 건 꿈만 같은 얘기라는 사실을 실감했다.

자, 일단 회사로 돌아갈까.

◇

　회사 문을 열었더니, 어째선지 바로 문 앞에 사장님이 있었다.

　"프란츠 씨, 엄청난 일이 일어났어요!"

　"엄청난 일?"

　케르케르 사장님의 꼬리가 움직이는 걸 보면 기분이 좋다는 건 알 수 있다.

　최대한 빨리 나한테 말해주고 싶었겠지. 그렇지 않으면 이런 데서 기다릴 리가 없으니까······.

　"세상에, 면접을 보겠다는 사람이 나타났어요."

　사실 나는 그렇게 놀라지도 않았다.

　"그거, 아침에 그 아저씨 말이죠."

　사람이 늘어난다니까 기쁘지 않은 건 아니지만, 내 입장에서는 거의 선배가 늘어나는 것 같은 일이니까.

　인간관계, 잘 처신해야겠네. 세대가 다르니까 그 차이도 어떻게든 해야 하고. 맨날 술 마시러 가자고 하는 사람이면 조금 귀찮은데 말이야······.

　"아뇨, 면접을 볼 사람은 여성이에요."

　"예? 여성············?"

　설마, 아저씨처럼 보였는데 사실은 아줌마였나?

　가끔씩 아저씨인지 아줌마인지 모를 사람도 있으니까······.

　"참고로 젊은 여성이에요."

그렇다면 오늘 아침에 왔던 아저씨(같은 사람)는 아니다.

"아, 프란츠 씨, 표정이 조금 부드러워졌네요. 역시 남자들은 그런 점에서는 솔직하네요~."

케르케르 사장님한테 놀림당했다. 솔직히 말이야, 원래 후배가 있었으면 싶었으니까 어쩔 수 없는 일이잖아.

"주인님은 여성을 아주 좋아하니까요. 제가 자신 있게 말합니다!"

세룰리아, 그건 너무 큰 소리로 말하지 말아줬으면 좋겠어. 창피하잖아…….

"전 아침에 왔던 그 아저씨가 경력직 채용 희망자라고 생각했었는데, 전혀 다른 사람이었나 보네요. 드디어 『신입사원 채용 빙~글빙글 내비게이션』에 채용 공고를 실은 성과가 나온 건가요."

"아뇨, 그 아저씨랑도 관계가 있어요."

무슨 이야기인지 잘 모르겠는데 말이야.

"그분은 소위 말하는 지원 시설 직원분이거든요. 젊은 사람을 한 사람 채용해 줄 수 있겠냐는 이야기를 하러 오셨어요. 뭐, 마법사 일을 희망하는 게 아니라, 사무원 같은 걸로 고용해줄 수 있겠냐는 이야기지만."

"지원 시설……?"

내가 잘 모르겠다는 표정을 지었다면, 사장님 말만 듣고는 뭘 지원하는 시설인지 이해하지 못했기 때문이다.

케르케르 사장님께도 그 생각이 전해진 것 같다.

"아, 학습 지원 시설이에요. 그러니까요…… 조금 무거운 얘기가 될지도 모르겠지만…… 왜, 학교에서 집단 괴롭힘 같은 걸 당하는 일이 있잖아요……. 그래서 학교에 못 가게 된 아이들에게 공부를 가르치는 시설에서 오신 분이, 아침의 그분이거든요."

"그렇군요…… 등교 거부라든지 그런 건가요……."

물론 학교에서 집단 괴롭힘 같은 문제가 종종 일어난다는 이야기는 들은 적이 있다.

하지만 나는 직접 피해를 입은 적도 그런 상황을 본 적도 없었다.

이건 마법 학교라는 학교의 시스템 때문이겠지.

마법 학교는 대부분의 수업이 선택식이다.

그래서 필연적으로 교실 이동 수업이 많아서, 특정한 반의 일체감 같은 것이 없다.

반대로 말하자면 마법을 배우거나 하지 않는, 보통 학교는 대부분의 수업이 같은 교실에서 이루어지기 때문에, 교실 안에서의 교류가 중요해진다.

집단이 되면 친구를 만들기도 쉬워지겠지만, 고립되거나 괴롭힘을 당할 위험도 커지게 된다.

참고로 왕국에서는, 학교를 졸업하지 않는다고 절대로 취업을 못 하는 일은 없다.

애당초 학교에 다니지 않는 사람도 얼마든지 있으니까.

하지만 고용주도 최소한의 읽고 쓰기와 계산을 할 수 있는 인재를 원하는 것이 일반화되었기 때문에, 학교 졸업 자격이나 그에 준하는 시험 합격증을 바라는 회사도 많아지고 있다.

"그분은 학교 졸업 자격에 해당하는 자격을, 학습 지원 시설에서 공부를 해서 취득하셨다는 것 같아요. 저희 회사는 학교 졸업자격이 필수는 아니지만, 아무튼 사무 업무를 처리할 수 있을 정도의 학력이 있다는 건 알았으니까요."

"그렇겠죠. 글도 쓸 줄 모르는 사람한테 사무 업무를 시키면, 본인도 힘들 테니까요."

그렇다면 능력 면에서 봤을 때 완전한 미스 매치는 아닌 것 같다.

하지만, 그 때 사장님의 귀가 축 늘어져 있는 것처럼 보였다. 아무래도 고민하고 계신 것 같다.

"단지…… 저희는 흑마법 회사고, 과거에도 마법을 쓸 줄 모르는 사람을 채용한 적이 없거든요……. 솔직히 그게 좀 불안해요."

아니, 사실은 마법을 쓸 수 있을지도 모르지만. 마법사인지 아닌지는 분위기만 봐도 대충 알 수 있다.

"하지만 마법 업계의 큰 회사라면 십중팔구 백마법 회사잖아요. 그렇지 않으면 마법 관련 종합 상사 같은 대기업이고요."

그 정도 사정은 나도 안다. 옆에 있는 세룰리아도 고개를 끄덕였다.

"그래서, 마법사와 별개로 그런 사무직 직원도 따로 채용하고 있는데, 인기가 좋아서 금세 자리가 다 차거든요. 그리고 좋은 학교를 졸업한 사람이 시험을 보고, 그런 사람이 채용되는 경우가 대부분이에요. 역시나 학력은 계속 따라다니는 법이니까요……."

"학교 졸업 자격에 해당하는 자격이 있어도, 결국은 실제로 좋은 학교를 졸업한 분이 유리하다는 뜻이군요. 그런 일은 마계에서도 있어요."

세룰리아가 가슴이 아프다는 것처럼 말했다. 한 마디로 학교 학력이라고 해도 학교에 따라 수준 차이가 크니까, 기왕이면 학력이 높은 학교의 학생을 선호하는 건, 채용하는 입장에서는 당연한 생각이겠지.

"아~ 그래서 흑마법 회사에 오셨군요……. 인기가 없는 업계니까, 어쩌면 될지도 모르겠다고……. 그리고 이제 와서 입사 지원을 한다는 얘기는, 아직 채용이 정해지지 않았다는 뜻이고……."

케르케르 사장님이 고개를 끄덕였다. 거기에 따라서 꼬리도 위아래로 움직였다.

대부분의 기업이라면 이미 채용 내정자가 거의 확정됐을 시기다. 즉, 지금 우리 회사에 지원하겠다는 사람은, 최소한 일반적인 신규 채용 시즌에는 취업하지 못한 사람이라는 뜻이겠지.

"아침에 오셨던 지원 시설 분 이야기를 들어보니, 학교 졸업 자격을 얻을 수 있을 수준까지 공부를 해도, 면접장에서는 역시 인상이 좋지 않은 것 같아서…… 인기 있는 회사에는 들어가지 못할 것 같다고 하셨어요."

"면접에서야 당연히, 왜 평범하게 학교를 졸업하지 않았냐고 물을 테니까요. 거기서 집단 괴롭힘을 당했다고 하면…… 피해자인데도 어째선지 마이너스가 되고."

집단 괴롭힘을 용서할 수 없다고 말하는 사람은 잔뜩 있을 것이다.

하지만 그런 괴롭힘을 당한 사람을 우선해서 고용하려는 회사는 거의 없겠지.

"그렇다면 학교 밖에서 졸업 자격을 취득하는 의미가 거의 없는 것 같은데 말이죠……."

최근에 경기도 좋아져서, 취업하는 입장에서도 예전만큼 불리한 상황은 아니게 되어가고 있다.

사실 그건 모든 업무를 똑같은 기준으로 간주했을 때의 이야기지만.

굳이 말할 필요도 없이, 인기 있는 일이 있으면 인기가 없는 일도 있다. 인기가 좋은 일은 아직 기업 쪽이 사람을 고를 수 있는 상황이다.

사무직은 그야말로 기업 쪽에서 얼마든지 고를 수 있는 직종이다.

한참 동안 사장님과 이야기를 했는데, 정작 중요한 부분은 아직 못 들었다.

"그래서, 케르케르 사장님은 어떻게 하실 생각이죠? 사무직은 고용한 적이 없었잖아요."

"어쨌거나 면접을 해보고 정하려고 해요."

사장님은 의외로 뜸 들이지 않고 대답했다.

"사무직 일은, 저희도 일단은 회사니까 없지는 않을 거예요. 저나 다른 분들의 수고가 줄어들면, 그만큼 다른 일을 수주할 수도 있겠죠. 그건 어떻게든 될 것 같아요."

뭐야, 크게 걱정할 필요는 없는 일이었네.

"하지만, 그분한테 흑마법 회사가 맞을지 아닐지, 그 부분은 엄밀하게 확인하고 싶어요. 흑마법 업계는 일반 기업하고 또 다르니까요."

하긴.

채용은 했지만, 그 사람이 흑마법 업계에 적응하지 못하고 불행해진다면 주객전도니까.

그 사람이 출근한 지 사흘 만에 회사를 그만두게 되면 회사에게도 본인에게도 손해만 될 뿐이다. 고용하는 쪽에도 나름대로 책임이 있는 게 되고.

"그래서, 이 회사에서 약 1년 동안 일했던 프란츠 씨가 보고, 그 사람이 계속 일할 수 있을지 확인해주세요. 능력적인 측면은 제가 판단할 테니까요."

"알겠습니다. 할 수 있는 데까지 해볼게요── 어라?"

뭔가 얘기가 이상한데.

"죄송한데요, 확인하라는 게 구체적으로 어떻게……?"

"면접에 프란츠 씨도 같이 참가하시게 할까 해요."

"예? 제가요? 아직 1년도 안 됐는데요?"

이야기가 요상한 방향으로 흘러가는데.

"그러니까, 저는 나이가 5세기잖아요. 요즘 젊은 분들 생각을 잘 모르지 않겠어요. 가치관이라면 프란츠 씨 쪽이 훨씬 가깝지 않겠어요."

듣고 보니 사소한 세대 차이로 넘어갈 정도가 아니네.

"파피스타냐 씨나 토토토 씨, 레다 씨는 감성이 특수하고. 상송스 씨는 일정이 안 맞았어요. 엔타야 씨도 아마 상당히 깐깐하게 체크하겠죠."

아, 이건 이미 얼렁뚱땅 넘어가 버리는 분위기다……. 거절할 수 없는 그런 분위기.

"면접관 일, 할 수 있는 범위 안에서 해보겠습니다……."

내가 힘없이 대답하자마자 옆에서 세룰리아가 신이 나서 "주인님, 파이팅이에요!"라고 말했다.

"그럼 면접 당일까지, 할 수 있는 한에서 면접관으로서 필요한 일에 대해 공부해두겠습니다."

"아뇨, 그냥 무작정 부딪쳐도 돼요.

"아니, 그게…… 저도 면접관은 처음이니까……."

오히려 나는 백마법 면접에서 실컷 떨어졌을 정도로 면접을 보는 소질이 없다.

"그래도 프란츠 씨, 『당신의 취미는 어떤 것입니까?』라든지, 흔히 하는 질문을 해봤자 아무것도 알아낼 수 없잖아요?"

"그렇긴 하죠……."

내 머릿속에서 과거에 징글징글하게 떨어진 데 대한 원한과 괴로운 감정들이 떠올랐다.

어째서 저희 회사에 지원하셨습니까 같은 질문을 해서 대체 뭘 알 수 있다는 건데.

「들어가고 싶어서」라고 대답하면 안 되는 거야?! 들어가고 싶으니까 면접을 보러 온 거잖아.

그런 걸 중시하면, 면접에서 대답을 잘하는 사람만 채용하게 되잖아! 그런 사람을 뽑아서 회사가 발전한다는 보장이 없는 게 아니냐고!

"프란츠 씨, 눈빛이 무서워졌어요."

"아, 죄송합니다…… 잘 생각해보니까 저는 면접에 대한 기억이 많은 사람이었네요……."

뭐, 날 짜증 나게 만들었던 면접관처럼만 하지 말자…….

◇

사장님은 그냥 무작정 부딪쳐도 된다고 하셨지만, 그건 그것대로 뭔가 아닌 것 같아서, 자주적으로 면접에 대해 공부하기로 했다.

면접을 보는 사람도, 면접관이 아무것도 모르는 사람이면 짜증이 되겠지. 그건 면접 보는 사람에게 실례가 된다.

회사 지하에는 거대한 서고가 있다.

물론 대부분은 흑마법에 관련된 책들이지만, 그중에는 기업에 특화된 책이라고나 할까, 면접에 관한 책들도 있었다. 사장님이 오랫동안 모아온 책들이다.

그런 책을 가지고 집에 가서 읽을 생각이었는데, 사장님이 이렇게 말씀하셨다.

"안 돼요."

"어째서죠……?"

"면접에 대해 공부하는 건 노동이잖아요. 시간 외 근무를 하려고 마음만 먹으면 얼마든지 할 수 있게 돼요. 그런 걸 허락하면, 관리자로서 실격이니까요."

이런 점은 정말 우리 사장님답네.

"그리고 프란츠 씨가 그러지는 않을 것 같지만, 서고 안에는 귀중한 서적도 있으니까요. 분실하기라도 하면 큰일이나요. 원칙적으로 반출은 인정하지 않습니다. 그 책을 나쁜 마법사가 빼앗으려고 할 수도 있고요."

"면접관에게 필요한 지식이 적힌 책에 그런 내용은 없을 것 같은데 말이죠."

"8백 년 전에 쓰인 『올바른 면접관에 대하여』는 나라의 도서관에서 기증해달라는 부탁을 받은 적도 있어요. 소중하게 보관하고 있으니까 괜찮다고 거절했지만."

문화재 수준인 책도 있었어!

"알겠습니다……. 이 서고에서만 읽겠습니다……."

나는 집중해서, 서고 안에서 면접관에 대해 공부했다.

사장님은 지원 시설 분과 연락해서 면접 일정을 결정한 것 같다.

사전에 나한테도 면접을 본다는 사람의 이력서를 보여주셨다. 쉽사리 보여주지 않았던 건, 선입견이 생기는 걸 막기 위해서라는 것 같고.

성명

무얀 사르펜드

성별

여성

연령

17세

주소

왕도 대승정로 대호교 8번지 학습 지원시설 『새로운 배움의 뜰』

학력

코르치 군립 중급 학교 2학년 중퇴

중급 학력 수준 학력 인정 시험 합격

직무 경력

없음

지원 동기

제 능력을 살릴 수 있는 직장을 찾고 있습니다.

장점

학습 지원시설에서 열심히 공부했습니다. 사무직 등의 꾸준히 해나가는 업무에 맞는 성격이라고 생각합니다. 잘 부탁드리겠습니다.

역시, 진짜 이력서를 보니 긴장되네…….

"글씨는 깔끔하게 잘 썼네요. 달필인지 아닌지 이전에 정성 들여 썼다는 게 느껴져요. 꼼꼼한 성격까지 느껴지는 것 같아요."

"사장님, 글씨만 보고 그런 것까지 알 수 있는 건가요!"

역시 사장님은 대단하구나!

"아, 반 정도는 농담이거든요? 감당할 수 없이 난폭하지만 글씨는 깔끔하게 잘 쓰는 사람은 얼마든지 있으니까. 이것만 가지고는 모르니까 면접을 보는 거예요."

"그, 그렇겠죠……."

조금 창피한 분위기가 돼버렸다.

자, 드디어 내일 면접이다.

◇

나와 케르케르 사장님은 소회의실에서 대기하고 있다.

긴 탁자에 나와 사장님 자리. 그리고 앞에는 면접 보는 사람이 앉을 의자가 하나.

"이제 와서 하는 얘기지만, 흑마법 회사라고 해도 면접장은 아주 표준적이네요."

좀 더 무시무시한 분위기를 자아내는 장소를 준비할 거라고 생각했는데, 아주 평범한 면접장이다. 딱히 해골이나 박쥐무늬가 들어간 커튼을 준비하지도 않았고.

"이게 저희 회사의 방식이니까요. 이상하게 부담되는 분위기를 연출하는 것도 이상하고."

나는 자연스레 이력서를 봤다.

당연한 얘기지만 어떻게 생긴 사람이 올지는 모른다.

아무래도 마음이 진정되질 않네…….

마법 학교 같은 데서도 놀기 좋아하는 애들은 다른 학교 여학생들과 미팅도 하고는 했는데, 이런 기분으로 여자애들을 기다리지 않았을까?

나는 해본 적이 없어서 뭐라고 말할 수가 없지만, 아마도 그랬겠지.

"왠지 프란츠 씨 본인이 면접을 보는 것처럼 긴장하고 있네요~."

사장님이 웃으면서 말했지만, 완전히 틀린 이야기도 아니다.

"그게, 아무래도 긴장이 되네요. 왜냐하면 이 면접으로 그 사람의 인생이 결정될지도 모르는 일이니까⋯⋯."

"좀 더 편하게 계시라고 말하고 싶지만, 그게 프란츠 씨의 좋은 점이기도 하니까 어쩔 수 없겠죠. 열심히 고민하면서 성장해주세요 ♪"

"알겠습니다! 저도 각오 단단히 하겠습니다!"

내가 그렇게 소리친 직후에——

똑똑똑.

작게, 문 두드리는 소리가 들렸다.

사장님이 내 손등을 톡톡 두드렸다. 내가 대답하라는 신호다.

"들어오세요!"

문이 천천히 열린다.

들어온 사람은, 체구가 작은 여자였다.

한눈에 봐도 긴장했다는 게 느껴진다.

최소한 나보다 세 배는 굳어져 있는 것 같다.

머리카락은 생머리. 옷도 한눈에 봐도 면접용 복장이라는 느낌으로, 청결하기는 하지만 수수한 차림새다.

"무, 무얀 사르펜드, 임……입니다."

첫 마디부터 발음이 꼬였어! 완전히 긴장했네!

"그럼, 면접을 시작하겠습니다. 잘 부탁드려요."

케르케르 사장님이 빙긋 웃었다. 이걸로 긴장이 풀렸겠지── 라고 생각했지만, 그런 일은 없었다. 아직 뻣뻣하다.

"아, 예, 예에……. 많이 모자란 몸이지만, 잘 부탁드림…… 드립니다…….."

또 꼬였다! 처음부터 상당히 힘들게 시작하네…….

심사하는 내가 응원하는 것도 이상한 일인지도 모르지만, 그래도 응원해주고 싶어진다.

"그럼, 바로 면접을 시작해보겠습니다."

사장님의 말에 나도 마음을 다잡았다. 나도 상당히 긴장하고 있다.

"무얀 사르펜드 양, 당신은 정말로 흑마법 업계에서 일하고 싶으신가요?"

사장님의 질문은 바로 핵심을 찌르고 들어가는 것이었다.

"예……? 그게…… 무슨 말씀이신가요……?"

여자아이도 당황한 것 같았다.

"흑마법 업계는, 솔직히 말해서 그다지 인기가 없는 직종입니다. 말 없는 차별을 받는 일도 없다고 할 수는 없죠. 그래도 흑마법 업계를 선택할 만한 각오나 이유가, 있으신가요?"

그래, 케르케르 사장님은 상냥하기는 해도 어설픈 사람은 아니구나…….

어디까지나 진심으로 상대해줄 생각이다.

그녀에게는 가혹한 이야기일 수도 있지만, 이걸로 끝났다고 봐야겠지.

나는 그렇게 생각했다.

왜냐하면 이 아이는 소거법으로 흑마법 업계에 면접을 보러 왔을 뿐일 테니까.

백마법 회사나 다른 일반 기업 사무직은 인기가 좋다.

그래서 흑마법 기업이라면 괜찮겠지, 라는 생각으로 이 회사에 지원했다.

거기에 각오나 이유가 있을 리가 없다. 면접에서 크게 감점당하지 않을 만큼 무난한 대답은 가능할지도 모르겠다. 하지만 그런 대답은 우리 사장님이 다 꿰뚫어 볼 테고.

"저, 솔직하게 말씀드려도 될까요……?"

면접자가 손을 살짝 들고서 그렇게 물었다. 적어도 말없이 경직돼버리는 최악의 상황에 빠져버리지는 않았다.

그런데, 왜 저런 질문을 한 거지?

"물론이죠. 그러지 않으면 의미가 없으니까요. 『귀사의 정신에 공감해서~』 같은 뻔한 얘기는 안 하셔도 돼요. 오히려 곤란하니까요."

"그럼, 대답하겠습니다. 제가 이 회사에 지원한 이유는……."

그다음 말은 쉽사리 나오지 않았다.

아, 대답을 준비하지 않았겠지. 그래서 말문이 막혔을 테고.

결론을 말하자면, 그게 아니었다.

너무 공격적인 말이라서 입에 담기를 주저한 탓이었다.

"…………백마법에………… 복수하기 위해서입니다."

복수!

면접에서는 절대로 나올 일이 없는 단어가 이 사람 입에서 분명하게 흘러나왔다.

아니. 흘러나온 수준이 아니다.

확실하게 자각을 해서 그 말을 선택한 것이다.

무얀 사르펜드의 표정에는 일종의 분노가 담겨 있었다.

"자세한 이야기를 들려주실 수 있을까요?"

사장님도 약간 놀랐다는 걸 알 수 있었다.

뒤에서 꼬리가 이상한 방향으로 움직이고 있거든.

"예. 저는…… 먼저 백마법 회사의 기간제 사무직 등을 몇 군데 지원했습니다. 하지만 몇몇 회사는 제가 학교를 중퇴했다는 걸 보고, 이렇게 말했습니다."

——미안한데, 학교도 끝까지 못 다닌 사람이 일은 끝까지 할 수 있겠어? 회사는 학교보다 몇 배는 스트레스가 쌓이는 곳이거든. 괴롭힘 같은 것보다, 우리 회사에서 일하는 게 더 힘든 경우도 있다고, 라면서.

그 말을 들었을 때, 내 가슴 속에도 시커먼 뭔가가 쌓이는 기분이 들었다.

나는 그 장면을 직접 보지 못했다.

그래도 이 사람을 비웃으면서 말하는 면접관의 얼굴이 저절로 머릿속에 떠올렸다.

무얀 사르펜드의 분노는, 자신을 무시한 모든 사람에게 향하고 있었다.

"저는 분명히 저 자신이 시시한 인간이라고 생각합니다. 괴롭힘을 당한 적도 있습니다. 그 원인의 일부는 제게 있을지도 모릅니다. 하지만, 그것 때문에 아무것도 모르는 사람에게 조롱당할 이유는 없습니다! 처음 그 말을 들었을 때, 너무 분했습니다! 말 그대로, 눈물이 나올 정도로 분했습니다!"

이미, 면접이라고 하기에는 너무 엉망진창이다.

이렇게 감정을 드러내면, 보통 면접에서는 그 자리에서 떨어진다.

면접이란 감정을 터트리면서 있는 그대로의 자신을 보여주는 자리가 아니다.

하지만, 이 회사는 보통 회사가 아니다.

안 그러면 내가 이 회사에서 즐겁게 일하고 있을 리가 없으니까.

"그래서, 복수해주고 싶습니다. 제가 그렇게 시시한 인간이 아니라는 걸 보여주고 싶습니다!"

"저도 질문드리겠습니다."

나는 고개를 숙이고 있는 면접자를 보면서 말했다.

"복수라고 하셨는데, 구체적으로 어떻게 하시겠다는 건지요? 당신은 사무직이죠. 설령 흑마법을 쓸 수 있다고 해도, 딱히 백마법사와 싸우는 일은 없습니다만?"

면접관에 대한 책을 읽었던 건 아무런 의미도 없었다.

나 자신이 솔직하게, 그저 그녀와 있는 그대로 마주하면, 그걸로 충분하다.

이런 표현이 맞는지는 모르겠지만, 면접이라기보다는 문답이라는 느낌이 들었다.

"…………그러니까………………… 입니다."

거기서, 그녀는 살짝 고개를 숙였다.

그 탓에 말이 똑똑히 들리지 않았다.

역시나 자신이 없어져 버린 걸까.

아마도, 기가 센 성격은 아닌 것 같으니까.

"죄송합니다만 잘 들리지 않았습니다. 다시 한번, 저를 똑바로 보면서 말씀해 주시겠습니까?"

내 말이 차갑게 들릴까. 아니면 깐깐하게 들릴까.

하지만 여기서 고개를 숙여버리면, 다른 사람에게 자신의 마음을 전하지 못하게 된다면, 절대로 채용되지 못한다.

네크로그란트 흑마법사는 기업이다. 자선단체가 아니다.

과거에 불쌍한 일이 있었다는 이유만으로 채용할 수는 없다.

지금까지 입사한 다른 분들도 그 실력을 인정받아서 입사했다.

거기서 그녀는 느릿하기는 했지만, 고개를 들었다.

눈에 눈물이 고여 있다.

그것은 약한 자신에 대한 분한 마음 때문인 것 같았다.

"열심히, 성실하게, 착실하게, 일을 해서…… 회사가 저를 고용하기를 잘했다고 생각하게 만드는 성과를 내서…… 저를 무시했던 회사에, 그때 채용했어야 했는데, 라고 후회하게 만드는 것입니다!"

간신히, 그녀는 끝까지 말했다.

그 순간, 그녀의 마음속 어둠이 조금이나마 걷힌 것처럼 보였다. 표정에 웃음이 돌아왔다.

"그것이, 제 나름의 복수입니다! 마법도, 힘도 없는, 제가 할 수 있는 단 한 가지 방법의 복수입니다! 부기와 회계 자격도 땄습니다! ……하, 하, 할 수 있다고 생각합니다! 해내겠습니다! 웃음을 사는 것도, 동정받는 것도, 전부 끝내겠습니다!"

거기서 헉헉, 하고 숨을 쉬었다.

"이, 이상입니다……."

케르케르 사장님이 후후후, 하고 즐겁다는 듯이 웃었다.

"뭐예요~ 자기 어필도 잘하시네요. 면접은 그렇게 하면 되는 거예요. 하지만, 다른 회사에서 이렇게 하셨으면 아마 단번에 떨어졌겠죠."

"저…… 제가 이런 질문을 드리는 것도 이상한 것 같지만, 자기 어필이 되기는 했나요……?"

"무얀 사르펜드 씨, 당신의 지기 싫어하는 강한 마음, 저는 확실하게 알았습니다."

그렇다. 기업에 대해 자신을 고용하면 어떤 이익이 있는지, 그 가치를 보여주는 것이 면접이다. 손님에게 이 상품은 질이 나쁘니까 안 사도 된다고 어필하는 점원은 없다.

보여주는 방법은 너무나 이례적이었지만, 이 사람은 자신의 강점을 보여줬다.

"그럼 제가 구체적인 질문을 드리겠습니다. 부기 자격이 있다고 하셨는데, 어느 기관의 몇 급인가요?"

"아, 예! 왕국 부기 협회 2급과……."

나로서는 그런 자격에 무슨 의미가 있는지까지는 잘 모르겠지만, 그녀는 몇 가지 자격증의 이름을 말했다. 의외로 많이 가지고 있네.

"예, 그렇군요. 그런가요~."

사장님은 선택하는 쪽의 여유인지, 전체적으로 차분한 태도다. 일단 사장님이 당황하는 일 자체가 없지만.

오히려 면접관인 내가 엄청나게 긴장하고 있는지도 모르겠다.

살짝 땀이 난 것 같은 기분이 든다……. 어떤 의미에서는 진심을 보여주는 이 사람과 마주한 모양이 됐으니까…….

"프란츠 씨, 뭔가 더 질문할 것 있으신가요?"

사장님이 말을 던졌다. 면접관이니까 질문하는 건 당연한 일이지만, 그다지 하고 싶지 않았다.

"그러니까, 그게 말이죠……. 그게……."

내가 더 당황했네…….

다른 사람에게 심사받는 것도 싫지만, 심사하는 것도 싫다.

"취, 취미는 뭔가요?"

뭐야 이게, 무슨 맞선도 아니고. 하지만 취미에 대해 물어보는 자체는 평범한 일이겠지?

"취미 말인가요? 그렇군요…… 가드닝입니다……."

"가…… 가드닝 인가요. 예를 들자면 어떤 걸 키우시나요."

"그러니까, 시설 정원을 이용해서 당근과 양파와 생각을 키우거나……."

"혜, 혜에……. 거참 대단하시네요……."

"고, 고, 고맙습니다…… 아니, 제가 고맙다고 하는 것도 이상하네요, 죄송합니다……."

"아뇨, 잘못한 게 아닌데요……?"

큰일이네. 이거, 어디서 말을 끝내야 하는 거지……?

왠지, 내가 그녀의 약한 부분을 끌어내 버린 것 같다는 기분까지 든다.

이러면 안 되지, 약한 부분을 끌어내서 어쩌자는 건데! 그런 면접관은, 글러 먹은 거잖아!

"혜~ 좋네요! 그럼, 저희 회사 부지에서 독 당근을 재배해달라고 부탁드려 볼까요!"

사장님이 이야기에 끼어들었다. 고맙습니다, 사장님! 전 이런 캐릭터와 이야기하는 스킬은 없거든요……. 어라, 그런데, 뭔가 이상한데.

　"사장님, 독 당근은 어디다 쓰는데요? 독이 있는 거죠?"

　"레다 씨가 아주 좋아하거든요. 암살당하지 않게 독이 들어간 음식을 먹으면서 단련하다가, 어느샌가 완전히 빠져 버렸다는 것 같아요. 그 짜릿한 느낌이 좋다나요."

　레다 선배는 삶 자체가 완전히 수라의 길이다.

　"알겠습니다……. 독 당근은 재배해본 적이 없지만…… 해보고 싶습니다……."

　일단 그녀가 독 당근 재배를 잘한다는 말을 안 해서 다행이다.

　그랬다간 진짜로 복수를 위해서 재배했다는 말로 들렸을 테니까.

　"그럼, 당신을 위한 공간을 확보해둘게요 ♪"

　사장님의 그 말을 듣고, 어떤 사실을 눈치챈 것 같다.

　"저…… 회사 부지에 재배 장소를 만든다는 말씀은……?"

　"정식 합격 여부는 추후에 연락드리겠습니다── 라고 말하고 싶지만, 불안한 마음으로 기다리시게 만들면 죄송하겠죠."

　사장님이 웃는 얼굴의 퀄리티를 한 단계 높였다.

　"합격입니다. 무얀 사르펜드 씨, 저희 회사의 사무 업무, 잘 부탁드리겠습니다!"

사장님은 그녀를 이 회사의 사원으로 맞아들일 것을 결정했다.

오오! 잘 됐다, 다행이다!

이걸로 이 사람도 안심할 거라고 생각했는데——

사람 심리라는 것은 훨씬 복잡한 것이었다.

"며, 면접을 그렇게 봤는데, 괜찮은 건가요……?"

그녀는 손가락으로 자기 얼굴을 가리키면서 말했다.

아직 합격했다는 실감이 들지 않는 것 같다.

오히려 전혀 믿지 않는다고 말하는 게 좋을지도 모르겠다.

"그렇습니다. 당신의 의욕, 확실하게 전해졌습니다. 면접의 취지는 클리어한 게 아닌가요."

"하지만, 지금까지 했던 면접 중에서 제일 이상했는데……. 아마, 면접관분도 이상한 녀석이 왔다고, 나중에 웃을 것 같았고……."

그 마음은 모르는 것도 아니다. 면접관들이 참가한 회식 자리에서 이야깃거리가 될 만한 행위였다고 할 수도 있겠지.

"저희가 그런 방향으로 유도했으니까요. 그래놓고 이상하다고 말하면 공정하지 않겠죠."

분명히 입을 열자마자 복수하기 위해서 이 회사에 입사하고 싶다고 말한 건 문제였겠지만, 처음에는 오히려 무난하게 가려고 했을 것이다.

"그리고 당신 같은 소심한 분에게서 속내를 끌어내는 것도 면접관이 할 일입니다. 그렇게 하지도 못한 상태에서 불

합격으로 처리해버리면, 오히려 그 면접관이 실격이겠죠."

사장님은 지극히 지당하신 말씀을 하고 계실 뿐인데, 나는 뭔가 깨달음을 얻은 것 같은 기분이 들었다.

심사를 받는 쪽에도 다양한 타입이 있다.

그런데 기계적으로만 대응해서 좋은 대답을 못 한 사람은 안 된다고 하는 건, 아주 오만한 짓이다.

흑마법 업계는 그렇게 거만하게 굴 만큼 인재에 여유가 있는 곳이 아니다.

쌀쌀맞게 쫓아내면 그야말로 그녀가 말한 것처럼 나중에 복수하겠다는 적을 만들 수도 있다. 거기에는 업계로서도, 회사로서도 아무런 메리트가 없다.

그녀는 아직도 멍한 표정을 짓고 있다. 뭐, 합격한 적이 한 번도 없었으니까. 현실을 실감하지 못하겠지. 나도 징그러울 정도로 떨어져 본 경험이 있기 때문에 그 마음은 이해한다.

"죄송합니다만, 볼을 좀 꼬집어봐도 될까요?"

"꿈이 아니니까 괜찮습니다. 악몽을 꾸게 하는 마법도 쓰지 않았습니다."

참고로 악몽을 꾸게 하는 마법은 메어리가 아주 잘한다.

"그럼, 취직할 수 있는 건가요……? 이런 제가, 취직할 수 있는 건가요……?"

"그야, 그러기 위해서 면접을 본 거니까요."

"하지만, 주 2회만 나오는 아르바이트라든지, 그런 거겠죠⋯⋯?"

이 사람은 이 사람대로 너무 비굴하네⋯⋯.

"흑마법사가 아닌 분을 채용한 적이 없기 때문에 상세한 조건은 조절해야 할 것 같습니다만, 틀림없는 정사원 대우입니다."

그녀가 더 얼이 빠졌다.

혼을 뽑아내는 흑마법을 제대로 맞은 사람처럼 돼버렸다⋯⋯.

"저기, 제가, 학력도 하나도 없는데⋯⋯ 아르바이트 경험도 없는데⋯⋯ 그래도 되는 건가요?"

"그 정도는 이력서를 봤으니까 당연히 알고 있습니다. 앞으로 열심히 배워가세요♪"

사장님, 오늘따라 유난히 기분이 좋아 보인다.

5세기나 살다 보면 면접도 오락처럼 느껴지는 걸까.

"아! 죄송합니다⋯⋯."

한편, 그녀는 취직이 결정되니까 오히려 당황했다⋯⋯. 이 분위기를 보면, 정말로 기대를 안 하고 온 것 같네⋯⋯.

"그런데 사르펜드 씨── 아니, 이렇게 된 김에 무얀이라고 불러도 될까요?"

"예! 그냥 편하게 불러주세요!『잡몹 꼬마』나『촌것』이라고 불러주셔도 됩니다!"

그렇게 부르면 완전무결한 직장 내 괴롭힘으로 고소당한다고.

"무얀 씨는 회사에 질문하고 싶은 건 없나요? 뭐든지 질문해 주세요. 업무 내용만이 아니라, 급여나 근무 시간에 대해 질문하셔도 됩니다."

또, 너무나 당연한 일 때문에 깨달음을 얻었다.

면접이니까 (형식적으로는) 회사도 구직자도 대등한 입장이다. 조건을 듣고 교섭할 권리는 당연히 있는 것이다. 회사의 노예가 된 게 아니니까.

백마법 회사에서 너무 많이 떨어진 탓에, 나도 비굴한 근성이 몸이 배 있다.

게다가 겨우 1년하고 조금 전에는 정말 실컷 떨어져서, 자포자기해 있던 상태였고…….

정말로 1년 사이에 너무나 많은 일이 있었네…….

"하, 하하하, 하지만…… 그런 질문을 하면, 나쁜 인상을 줘서 떨어지지 않을까요……?"

나도 이 사람처럼 생각했었다.

"그래도 돈이 필요해서 이렇게 면접 보러 오셨잖아요? 그런데 『돈 따위는 상관없다』고 하면, 틀림없이 거짓말이겠죠. 그런 거짓말을 하면 저로서도 그다지 기분이 좋지 않답니다."

"사장님! 그건 맞는 말이기는 한데요, 그래도 물어볼 수가 없거든요……. 저도 여기저기 면접 보러 다닐 때는 질문할 용기가 없었으니까요……."

자연스레 무얀(입사가 결정됐으니까 나도 편하게 불러도 되겠지. 나중에 허락은 받겠지만) 편을 들고 말았다.

사장님 옆에 앉아 있기는 해도 입장적으로는 무양 편이다.

"오히려 그런 질문을 했다고 안 좋은 소리를 하는 회사라면, 거기서 끝이 아닐까요. 입사하기 전부터 말이 안 통한다는 걸 알았으니까. 들어간 뒤에 알아차리는 것보다는 훨씬 좋습니다."

사장님, 이런 부분에서는 너무나 확고하시네.

나도 이렇게 자신 있게 살고 싶다.

"하지만 그 자리에서는 아무 말도 없다가, 나중에 그 점을 문제 삼아서 떨어트리지는 않나요?"

"떨어트려 버리면 그 회사에 입사하지 않을 수 있으니까, 정말 다행이겠죠. 분명히 말씀드립니다만, 어차피 그런 차원이 낮은 이유로 트집을 잡는 회사는 들어가 봤자 금세 그만두게 됩니다."

이렇게까지 확실하게 말하면 더 이상 물고 늘어질 수가 없다.

"그리고 압박 면접을 하는 회사도, 어떤 의미에서 보면 고마운 곳입니다. 그 시점에서 이쪽이 잘라버릴 수가 있으니까. 이건, 제 5세기 동안의 인생 경험을 바탕으로 드리는 말씀입니다만, 입사도 안 한 사람에게 심한 말을 회사에 들어가면 더 험한 꼴을 당하게 됩니다."

"사장님, 뭔가 이상한 스위치 같은 게 켜지셨나요? 말의 공격력이 너무 올라갔는데요?!"

"아…… 죄송합니다. 저도 예전에 이런저런 일이 있었거든요……."

사장님의 얼굴이 빨개졌다.

"하던 이야기로 돌아가겠습니다. 만약에 최소한 이 정도는 받았으면 좋겠다든지 돈 때문에 곤란한 사정이 있다든지, 그런 일이 있으시다면 말씀해 주세요. 꼭 오늘이 아니라도 괜찮으니까요."

엄청나게 천천히, 무얀이 손을 들었다.

"흑마법 세계는 위험하다든지 한가요……? 매년, 여러 사람이 행방불명된다든지……."

그런 편견은 흔히 갖는 것들이지…….

"흑마법 중에는 위험한 것도 있지만, 무얀 씨께 부탁드릴 건 사무 업무니까, 업무 중 사고는 없을 거라고 생각합니다."

사장님이 명확하게 대답했다.

응, 사무니까……. 매일 양을 제물로 바치는 회사라도 위험할 리는 없겠지…….

그러자 사장님 대신, 이번에는 무얀 쪽이 얼굴이 빨개졌다.

"그…… 알몸이 돼서, 문신을 새긴다든지 하는 건……."

"없습니다."

이번에도 사장님이 바로 대답하셨다. 흑마법의 이미지를 개선하려면 한참 노력해야겠네…….

그런데, 그 뒤에──

"성적인 문제에 대해서는, 남성분이 있는 곳에서는 묻기 힘들 테니까 나중에 설명할게요 ♪" 라고 말했다.

무얀이 쭈뼛쭈뼛하면서 내 쪽을 보고 있다.

뭔가 오해라든지 한 건 아니겠지…….

하지만 이 회사, 그런 부분에서 상당히 개방적이라고 할까, 다양한 선배들과 즐겁게 지내고 있기 때문에 내 입으로는 오해라고 말하기가 힘들다……. 특히 송년회 때라든지는, 소위 말하는 하렘이라고도 할 수 있었으니까…….

"사장님, 저는 이만 물러나겠습니다."

"알겠습니다. 수고하셨어요, 프란츠 씨!"

사장님이 손을 흔들어주셨고, 나는 무얀보다 먼저 방에서 나왔다.

나온 뒤에, 진심으로 기도했다.

농담으로라도 내가 사원들이랑 문란하게 놀아났다는 얘기는 하지 말아 주세요, 사장님!

후배한테 짐승 취급받는 사회인 2년 차는 맞이하고 싶지 않으니까요!

그 뒤에, 방에서 나온 무얀과 마주쳤다.

"저…… 선배님은 아주 성실하고 착한 분이시죠. 흑마법 회사 남자분들은 무섭다는 이미지가 있었는데, 오해였어요. 아, 앞으로 잘 부탁드리겠습니다!"

무얀이 나한테 고개를 숙였다.

"(사장님, 이상한 소리 안 해주셔서)고맙습니다!"

"예? 왜, 고맙다고 하시는 거죠?"

이런. 내 눈앞에는 무얀 밖에 없다. 그야, 이상하다는 표정을 지을 만도 하지.

"내가, 후배가 있었으면 싶었거든. 왜, 사람이 적은 회사다 보니까, 후배는 거의 기적 같은 존재라서……."

그런 말로 잘 얼버무린 것 같았다. 무얀도 납득한 표정을 지었으니까.

"아, 그렇지, 무얀이라고 불러도 될까?"

"예, 프란츠 선배님!"

프란츠 선배님, 인가.

역시, 끝내주게 좋은 느낌이네!

입사 2년 차에는 후배가 생겼습니다.

"『귀사의 정신에 공감해서』
같은 뻔한 얘기는
안 하셔도 돼요"

제 2 화

선배가 스카우트 당할 것 같아?!

그날, 나는 기분 탓인지 평소보다 좋은 자세로 출근했다.

회사에서 제일 먼저 만난 사람은 무안이었다.

무안은 자기 자리에 앉아서 주뼛주뼛하고 있었다. 아무래도 오늘이 첫 출근이니까.

그렇다, 오늘은 이번 업무 연도의 첫 출근 날이다.*

내 사회생활도 2년 차를 맞이했다.

무안은 나와 세룰리아의 존재를 알아차리고는 바로 자리에서 일어났다.

"자, 자, 자자자, 잘 부탁드립니다, 선배님!"

"그렇게 긴장하지 않아도 돼. 선배라고 해도 겨우 1년 차이니까."

"그리고 무안 씨는 사무 업무 면에서 저희보다 훨씬 뛰어난 능력을 지니고 계실 테니까요. 저희도 무안 씨께 많은 것을 배워야겠죠."

세룰리아의 말은 너무나 모범적이었고, 그리고 겸허했다.

그래, 여기서 선배 행세를 해봤자 너무나 꼴사납기만 할 테니까. 후배한테도 친절하게, 정중하게.

"뭐, 편하게 지내면 되지 않을까? 우리 회사는 상하 관계에 그렇게 깐깐하지 않으니까."

---

* 일본은 우리나라처럼 1월 초에 새해와 함께 '업무 연도'가 시작되는 게 아니라, '4월' 초에 새 업무 연도가 시작됩니다. 예를 들어 2020년은 1월 1일에 시작되지만, 2020년의 '업무일'은 4월 1일에 시작됩니다. 이 소설에서도 일본을 기준으로 '새해'와 '업무 연도 시작일'을 따로 구분하는 것으로 보입니다.

메어리가 그렇게 말했다. 그야말로 전설급 종족인 '형언할 수 없는 악몽의 창시자'가 사원으로 일하고 있는 시점에서, 상하 관계는 이미 끝났다고 할 수 있다.

거기에 토토토 선배, 상송스 선배, 파피스타냐 선배, 레다 선배가 차례로 들어왔다.

역시나 새 업무 연도 첫날이다 보니, 평소에는 회사에서 보기 힘든 사람들까지 이렇게 오는구나.

호기심이 아주 왕성한 토토토 선배가 무얀에게 관심을 보였다.

"다, 당신이 신입사원 무얀? 잘 부탁해."

"저기, 다크 엘프 선배님, 어째서 속옷 차림이신가요……?"

토토토 선배에게 무얀이 당연한 의문을 던졌다.

"무슨 말인지 잘 모르겠지만, 아무튼 잘 부탁해."

아니, 무슨 말인지 알잖아요!

신입사원이 혼란스러워하니까 설명해줬으면 싶거든요.

"저는 상송스라고 합니다. 기본적으로 바다 감시 업무를 하고 있어서 왕도에 오는 일은 거의 없지만, 아무튼 잘 부탁해. 바다에서 놀고 싶을 때는, 나한테 말하면 이것저것 소개해줄 수 있어."

"아, 예! 선배님은 정말 멋지시네요……."

상송스 선배는 상쾌한 꽃미남 여자라서, 무얀이 토토토 선배 때랑 또 다르게 당혹스러워했다. 그것도 이해한다.

다음은 파피스타냐 선배가 무얀 앞으로 다가왔다.

"…………안녕."

"예, 안녕하세요…….."

파피스타냐 선배는 평소대로 마이 페이스. 표정이 거의 없다.

무얀이 내 날 보면서 슬며시 물었다.

"저기…… 파피스타냐 선배님, 오늘 기분이 안 좋으신 건가요? 그다지 즐거워 보이지 않는데……."

"아, 저 사람은 항상 저런 식이니까 괜찮아. 좋은 선배니까 걱정 안 해도 돼."

나도 신입사원 때, 처음에는 무서운 사람 같다고 겁먹었었지.

겨우 1년 전 일인데, 정말 모든 게 다 그리운 옛날 일 같다.

다음은 레다 선배 차례.

"그대가 신입사원 무얀 사르펜드 공인가. 본인은 라이터인 레다라고 한다. 라이터로서 각지를 돌아다니고 있다. 취미는 그 지역의 향토 음식을 즐기는 것. 기삿거리도 되니 일석이조란 바로 이런 것이다. 신기하다고 생각한 것이나 기삿거리가 될 만한 것이 있다면 부담 없이 연락하기를 바란다."

"무얀 사르펜드입니다……. 무얀이라고 불러주세요."

레다 선배는 표현이 너무 고풍적이기는 했지만, 그래도 자기소개 자체는 제일 멀쩡했다.

이제 와서 굳이 말할 필요도 없지만, 이 회사, 인재의 보고.

그러니 소수 인원으로도 상당한 수익을 낼 만도 하지.

마지막으로 케르케르 사장님이, 사역마 게르게르와 함께 사장실에서 나왔다.

　"여러분, 다 모이셨군요. 좋은 아침입니다. 올해도 적당히 잘해나가요. 할당량이나 목표는 딱히 없습니다."

　너무나 헐렁한 인사지만, 이거야말로 케르케르 사장님답다고 할 수 있다.

　"앞으로도 재미있는 회사를 만들어가요. 신입사원 무얀 씨도 들어오셨습니다. 마법사가 아니라 사무 담당이니까, 여러분도 특히 잘 대해주세요. 흑마법은 일반인분들을 놀라게 하는 일이 많으니까요."

　세룰리아도 메어리도 고개를 끄덕거렸다.

　"예. 오늘은 여러분께서 제출해야 할 서류 같은 것도 많으니까, 무얀 씨 외에도 대부분이 이 방에서 사무 업무를 봐야 할 것으로 보입니다. 레다 씨와 토토토 씨는 경비 신청이 쌓여 있으니까, 잘 부탁해요."

　마법 업계라고는 해도 회사는 회사다. 꼭 제출해야 하는 서류도 있다.

　"그리고, 나중에 개별적으로 사장실에 부를 테니까, 자기 이름을 부르면 들어오세요."

　어째선지 토토토 선배의 눈이 반짝거렸다. 그렇게 좋은 게 기다리고 있나?

　하지만 굳이 물어보지 않아도 어차피 내 이름이 호출돼서 사장실에 들어가면 알게 될 테니까. 무엇보다 나한테도 해당하는지 아닌지도 모르는 일이고.

　사람들이 책상 앞에 앉아서 신청이 필요한 서류에 주소와 이름을 적고 있다.
　이런 보통 회사 같은 광경을 보는 건 처음인 것 같은데.
　"이건 이것대로 신선하고 좋네요."
　세룰리아도 나와 같은 생각인 것 같다.
　"응, 정말 그러네. 아무리 봐도 흑마법 회사가 아닌 것 같아."
　한참 지나, 사장실에서 나온 토토토 선배가,
　"다음은 프란츠 군이야. 사장님한테 가봐."
　라고 말해줬다. 왠지 평소보다 신이 나 있는 것 같은 목소리였다.
　"아, 예. 바로 가겠습니다."
　"그리고, 세룰리아도 같이 가도 돼. 사역마니까."
　"알겠습니다."
　세룰리아가 세트가 되는 이유는 명백하지만, 대체 무슨 일일까.
　사원별 개별 훈시?
　하지만 그거라면 토토토 선배가 신이 나 있는 이유를 설명할 수가 없는데.
　"자, 주인님. 가시죠."
　세룰리아가 내 손을 잡아줬고, 나는 사장실로 들어갔다.

케르케르 사장님은 즐거워 보이는 미소를 지으며 우리가 오기를 기다리고 계셨다. 사역마 게르게르는 옆에서 대기하고 있다.

"저, 사장님, 대체 무슨 일인가요?"

"아주 좋은 이야기예요."

왠지 나만 혼자 동떨어진 기분이네…….

하지만, 의문은 바로 풀렸다.

"프란츠 씨, 급여 인상입니다! 월급을 지금까지 드리던 것에서 은화 2닢을 더 드리도록 하겠습니다!"

그 말을 들은 순간, 나는 굳어져 버렸지만——

"야호~!"

그 뒤에, 바깥까지 들릴 만큼 큰 소리를 질렀다.

급여 인상이었구나. 토토토 선배가 좋아할 만도 했네.

"세룰리아 씨도 월급을 은화 1닢을 더 드리도록 하겠습니다. 프란츠 씨를 지극정성으로 서포트하는 모습, 정말 감탄했어요."

"무슨 말씀을요. 주인님이 상냥하신 덕분에, 저도 모르게 잘 섬기고 있을 뿐입니다."

세룰리아도 기분 좋은 말을 해줬다. 이거, 조금 비싼 가게에서 축하 파티라도 해야겠네. 돈은 이런 때 써야 하는 거잖아. 그래야 경제도 돌아가고.

"두 분은 앞으로도 네크로그란트 흑마법사의 중심적인 사원으로 일해주셨으면 싶습니다. 뭐, 인원이 적어서 한 사람

한 사람이 이미 중심적인 존재지만요."

사장님이 미소를 지으며 말했다.

그렇겠지. 한 사람 한 사람이 프로 의식을 지니고 일하는 곳이 이 회사다. 월급 도둑 같은 사원은 없다.

"회사라는 존재는 사람과 마찬가지로 천차만별입니다. 다양한 생각을 가진 경영자가 있다고 생각합니다. 하지만 저는 제 눈이 미치는 범위 안에서 사원분들 한 분 한 분이 진정한 의미로 눈부시게 빛나고, 잘 웃을 수 있는 회사를 만들어가고 싶다고 생각해요."

"예, 저도 그렇게 생각합니다."

이 회사에 들어오길 잘했다, 다시 한번 생각했다.

게르게르도 "네크로그란트 흑마법사에 영광 있으라 멍!"이라고, 짖는 것처럼 말했다.

◇

처리해야 할 사무 업무가 은근히 있었지만 그것도 저녁때가 되기 전에 끝났고, 그 뒤에 사원들이 다 같이 모여서 차를 마셨다.

"자~ 허브티야. 설탕이랑 밀크 필요한 사람은 알아서 넣고."

토토토 선배가 큰 티 포트와 잔을 가지고 왔다.

선배는 생김새에 어울리지 않게 요리를 잘하는데, 차에도 꽤나 조예가 있는 것 같다. 뭐, 엉뚱한 사람이기는 해도 다

젊은이들의 흑마법 기피가 심각합니다만. 취직해보니 대우도 좋고 사장도 사역마도 귀여워서 최고입니다!

크 엘프니까. 허브에 대한 조예가 깊을 만도 하겠지.

"음~ 향이 좋군요~. 우아한 기분이 들어요! 정말 대단하시군요!"

원래 상류 계급인 세룰리아도 절찬했다.

"평소에는 혼자 살기 때문에, 이렇게 마셔주는 사람이 있으면 나도 신이 나는 법이거든."

"과자는 회사에 선물로 들어온 것들이 있으니까, 그걸 먹도록 하죠!"

케르케르 사장님도 사장실에서 나오셔서, 상자에 들어 있는 과자를 나눠주셨다.

무얀은 약간 죄송하다는 표정을 짓고 있다.

"저기…… 이런 건, 신입인 제가 해야 하는 일이 아닌가요……?"

"괜찮아, 괜찮다고. 무엇보다 이 회사에서 사람들이 여러 명 보이는 자체가 신기한 일이니까. 차 같은 건 끓이고 싶은 사람이 끓이면 되는 거야."

토토토 선배는 이런 면에서는 관대했다.

처음에는 겉모습 때문에 당혹스러워하게 되지만, 후배 지도에는 딱 좋은 성격인지도 모른다.

"음. 무얀 공의 업무 내용에도 차 당번 따위는 없었을 터. 그렇다면 그러한 작업도 필요 없다. 지금은 하루빨리 자신의 업무에 익숙해지도록 연마를 거듭할 때이다."

레다 선배의 말은 여전히 고풍적이었지만, 내용 자체는

옳은 말이다.

"첫날부터 이렇게 느긋하게 지내다니, 이 회사, 정말 좋은 곳이네요."

나도 진심으로 편한 마음으로 말했다. 끔찍한 회사들은 첫날부터 잔업을 시키는 곳도 많은데.

"이게 다 케르케르 사장님이 잘 조정해주신 덕분이야. 사장님은 케르베로스 중에서도 상당히 뛰어난 분이거든. 이 몸이 보증한다."

위대한 마족이 보증한다면 믿어도 되겠지.

하긴. 이 회사, 제대로 여유를 가지고 일을 하고 있으니까.

그래서 우리 같은 사원들이 마차 끄는 말처럼 죽어라 일하지 않아도 회사가 돌아가고, 이익도 나오고 있다.

"뭐, 잔업을 해야만 처리할 수 있는 업무 태세에 들어간 시점에서 이미 이상한 거지만요. 그것 위쪽 사람이 무능하다는 뜻이거든요. 게다가 그런 상황에서 위쪽 사람이 잘난 척하는 건 너무나 우스운 일이예요."

케크케르 사장님 말대로 노무 관리도 높은 사람이 하는 일이니까.

"저는 앞으로도 아주 조금 느긋하게 일해도 회사가 돌아갈 수 있도록 해나가고 싶어요. 인생에 여유는 중요하니까요. 여러분, 사생활에서도 충실하게 지내주세요."

게르게르가 "올해는 체스 세계 선수권 대회에서 우승할 거다 멍!"이라며 포부를 말했다. 개 치고는 포부가 너무 장대하네.

"난 결혼 활동이라도 해볼까……. 바다 쪽 일이 본격적으로 시작되기 전에, 왕도 같은데서 열리는 결혼 이벤트에 나가봐야겠어……."

상송스 선배, 일할 때보다 더 기합이 들어간 얼굴 같은데.

"저는 주인님을 즐겁게 해드릴 새로운 기술이라도 개발해볼까요."

세룰리아가 은근슬쩍 엄청난 소리를 해서 마시던 차를 뿜어버릴 뻔했다.

사내에서 이런 소리를 하면 성희롱 취급을 받지 않을까도 싶지만, 서큐버스니까 자연스러운 발언이겠지.

"서큐버스 48수는 학교에서 수료했습니다만, 번뇌 108수라는 상급 서큐버스용 기술도 있거든요. 그쪽도 배워야 할 것 같아요."

무슨 무술 얘기 같네…….

"번뇌 108수 사범 정도까지 가면, 어디에 있던 마음속으로 생각만 해도 남성분을 흥분시킬 수 있다고 전해져요. 저는 아직 그 정도 기량까지는 도달하지 못했답니다."

그 정도면, 마법 아닌가…….

그런 분위기로, 티타임은 푸근하게 흘러갔다.

이제 퇴근 시간만 기다리면 된다. 역시 네크로그란트 흑마법사는 최고다!

차가 맛있어서 한 잔 더 마셨더니 화장실에 가고 싶어졌다.

"죄송합니다, 잠깐 화장실에."

우리 회사는 건물이 큰 만큼 화장실이 조금 멀리 떨어진 게 옥에 티다.

그 먼 화장실에 다녀오는 중에, 복도에서 파피스타냐 선배와 마주쳤다.

평범하게 생각하면 선배도 화장실에 가는 거겠지. 이런 건 누군가가 먼저 가면 다른 사람도 가기 쉬워지는 법이니까.

"저기, 후배 군."

선배가 날 불렀다.

"예. 왜 그러세요?"

"일 끝난 뒤에 좀 상담할 게 있는데, 괜찮을까?"

평소처럼 쌀쌀맞게 보이는 파피스타냐 선배의 얼굴이―― 아무래도 침울해 보이는 느낌이다.

혹시 무얀이 선배가 즐겁지 않아 보이는 표정인 것 같다고 신경 쓴 게 사실이었나……?

"예, 물론이죠. 저라도 좋다면."

금세 종업 시간이 됐다.

"자~ 왕도까지 한잔하러 갈까."

토토토 선배가 재빨리 일어났다. 이 사람은 정말 술을 좋아하네.

하지만 토토토 선배 외에도, 회사 전체에 느긋하게 풀어진 분위기가 감돌았다.

정말 이 회사답다.

그 속에서 파피스타냐 선배 혼자만 침울해 보였다.

사실 아까 상담할 게 있다는 말을 들은 탓에 더 그렇게 보이는 건지도 모른다.

다른 사람들이 돌아가고 몇 명 안 남았을 때, 파피스타냐 선배가 나한테 다가왔다.

"그럼 갈까, 후배 군."

"예. 세룰리아와 메어리는——."

"와도 돼. 후배 군이 두 사람한테 뭔가를 숨기게 만드는 것도 미안하니까."

세룰리아와 메어리도 그 자리에서는 아무것도 묻지 않았지만, 뭔가 문제가 있다는 자체는 눈치챈 것 같다.

◇

우리는 왕도 쪽에 있는 한적한 찻집에 들어갔다.

다른 손님이라고는 근처 어르신 두 쌍뿐이니까, 누가 들을 걱정은 안 해도 되겠지.

또한 선배 옆에는 부엉이 사역마 모틀리 · 오르크엔테 5세가 있다. 사람이 많지 않은 가게라서 큰 사역마가 있어도 괜찮다.

"주군의 건, 부디 잘 부탁드리오."

먼저 모틀리 · 오르크엔테 5세가 인사를 했다. 예의를 아는 부엉이다.

"파피스타냐 선배, 저희가 힘이 돼드릴 수 있다면 뭐든지 말씀해 주세요."

상냥한 세룰리아가 가슴에 손을 얹고서 말했다.

"물론 비밀은 지켜드리겠어요. 서큐버스에게 비밀은 아주 중요한 것이니까요."

뭔가 의미가 다른 것 같기도 하지만…… 다른 사람들에게 말할 수 없는 이런저런 일들을 한다는 점에서 보면, 비밀과 친화성이 있다고 할 수도 있겠지…….

"응…… 알았어……."

자연스레, 파피스타냐 선배가 고개를 슬쩍 숙였다.

일단 회사에 대한 불만은 아닐 것 같지만, 꼭 회사 문제 때문이라고 할 수는 없으니까.

친구한테 보증을 서줬는데 그 친구가 도망갔다든지?

아니면 가정 문제려나. 일족이 상속 문제로 다투고 있다든지?

생각한다고 답이 나올 리가 없다. 일단 선배가 입을 열기를 기다리자.

"사실은 말이야………… 나, 다른 회사에서 스카우트 제안을 받았어."

""스카우트?!""

이야기를 들은 우리가 동시에 말했다.

그만큼 강렬한 임팩트를 지닌 말이었다.

"주인도 괴로운 것 같기에, 여기서부터는 제가 말씀드리겠습니다."

부엉이 모틀리 · 오르크엔테 5세가 살짝 점프해서 앞으로 나섰다.

사역마라기보다는 완전히 가신이네, 이 부엉이.

"스카우트 제안을 한 곳은 『제1마법』이라고 하는 대기업이옵니다."

"세상에……. 엄청난 이름이 튀어나왔네."

나도 모르게 얼빠진 소리가 흘러나왔다.

"『제1마법』—— 이라는 곳, 유명한 회사인가?"

메어리는 인간 세상에 대해 잘 모른다.

수상한 녀석 같은 건 훌륭한 통찰력으로 잘 간파하지만, 인간 사회에 대해 알고 싶다는 의욕 자체가 없다.

메어리 입장에서 보면, 인간 사회는 왜소한 존재들이 모인 곳에 불과할지도 모른다.

"마법 업계에서는 모르는 사람이 없는 대기업이야. 아니, 마법이 아니라도 세상에 널리 알려져 있지. 지나가는 사람 붙잡고 물어봐도 거의 알고 있을걸."

마법 회사는 전문적인 부분에 특화된 소규모 회사들이 많지만, 『제1마법』은 그 정 반대다.

"거기는 백마법 사용자들은 물론이고, 다른 마법 사용자들도 채용하고 있어. 마법 관련 종합 상사라고 해도 될 정도야. 규모만 보면 업계 최대가 아닐까."

즉, 선배는 마법 업계에서 제일 큰 회사에서 이직하지 않 겠느냐는 제안을 받았다는 뜻이다.

"그쪽의 조건은, 제 주인을 왕국 남부 지역의 총괄 매니저 로 삼고 싶다는 것. 입장 상으로는 주인 밑에 정사원만 200 명이 있다고 합니다."

부하가 200명……. 사회인 2년차에 갓 돌입한 나로서는 상상도 못 할 숫자다.

"뭐야~. 겨우 200명이야. 이 몸의 미니 데몬은 66600이 나 되는데."

"메어리, 이야기가 복잡해지니까 좀 끼어들지 말고……."

너무 위대한 마족이 있는 탓에 선배의 상황이 시시해지려 고 한다.

"그쪽은 급여도 현재의 세 배는 확실하게 주겠다고 했습 니다."

"모틀리·오르크엔테 5세, 나, 급여는, 전혀 신경 안 써. 지금 급여로도 충분해. 먹고 살 수만 있으면 돼."

선배가 사역마의 설명에 한 마디 덧붙였다. 선배, 그렇게 사치를 부리는 이미지도 아니니까, 그 부분은 정말로 신경 쓰지 않겠지.

사실 선배도 고민이 돼서 우리한테 상담을 한 건데──

"선배는, 그 회사의 어떤 점에 마음이 끌리는 건가요?"

내가 솔직하게 물었다.

선배가 가치를 느낀 부분을 먼저 확인해야 이야기가 깔끔하게 흘러갈 테니까.

"…………랑, 총괄 매니저."

모기 소리 같은 가녀린 목소리로, 파피스타냐 선배가 중얼거렸다.

"지금 회사는 즐거워. 일도 문제없이 처리하고 있는 것 같고. 하지만…….."

거기서 선배가 잠시 망설였다.

"내 능력을 최대한 살리고 있는지 모르겠다고 느껴지는 때가 있어. 더 위쪽이라고 할까, 큰일을 해보고 싶다고 생각하는 때도…… 없지는 않았어."

나는 능력 있는 사람이기에 할 수 있는 고민이라는 느낌을 받았다.

파피스타냐 선배는 한마디로 말해서 천재다.

입체 마법진이라는 고도의 기술을 독학으로 익힌 수준이다.

왕도에도 선배에 필적하는 마법사가 몇 명쯤은 있겠지.

특기 분야는 마법사마다 다르겠지만, 선배는 그 분야에선 틀림없이 제1인자 중의 한 명이다.

그렇기 때문에 자기 힘으로 어디까지 할 수 있는지, 한 번쯤 시험해보고 싶다는 생각이 들 만도 하겠지.

"『제1마법』의 총괄 매니저 클래스라면, 지금 회사에서는 실현할 수 없는 큰 프로젝트에도 참가할 수 있어. 거기서 내 입체 마법진이 어떤 활약을 할 수 있는지 알고 싶……

기도 해."

선배한테 네크로그란트 흑마법사의 업무가 부족하다고 느껴진 걸까.

많은 사람들의 경우, 급여나 다른 요소들을 제외하고 생각했을 때 편한 일과 피곤한 일 중에 선택하라고 한다면, 당연히 편한 쪽이 좋다.

적어도 자신보다 편하게 돈을 버는 일을 하는 것처럼 보이는 사람을 불쌍하다고 생각하는 사람보다는 부럽다고 생각하는 사람이 더 많겠지.

하지만, 누구에게나 편한 것만이 절대적으로 좋은 것은 아니다.

세상에는 그것이 부족하다고 생각하는 사람도 있다.

예를 들어서 스포츠 등의 자신의 성적이 기록으로 남는 직업이라면, 힘든 단련을 거듭해서라도 성장하는 쪽이 당연하다고 여기는 경향이 있다.

그 부분의 극치에 도달하는 것이 목표인 장인 같은 일도, 편한 것보다 자신이 이룩한 일의 질을 중시하고는 한다.

그리고 이런 직업은 대체적으로 질이 좋아지면 받을 수 있는 돈도 많아지게 되어 있어서, 그런 면에서도 모순이 발생하지 않는다.

그리고 천재 흑마법사인 선배에게도 그렇게 자신의 실력을 시험해보고 싶다는, 운동선수나 장인 같은 가치관이 있었던 것이다.

"지금 회사에서도 더 큰 일을 하고 싶다고 사장님에게 말하면 되지 않나? 그 사장이라면 얼마든지 융통해줄 것 같은데."

메어리가 지당한 말을 했다.

하지만 선배는 바로 고개를 적었다.

"인원이 적은 회사에는 한계가 있어. 사장님 때문이 아니야. 어쩔 수가 없는 문제."

중소기업이 할 수 있는 일과 대기업이 할 수 있는 일은 당연히 다르다.

"물론 케르케르 사장님께는 신세를 많이 졌어. 감사도 하고. 지금 회사도 즐거워. 하지만…… 내가 어디까지 할 수 있는지 알고 싶다는 욕심도………… 없지는 않아."

파피스타냐 선배의 눈에 비통한 기색이 깃들어 있었다.

사람에 따라서는 사치스러운 고민이라고 할 수 있을지도 모른다.

하지만 선배에게는 정말 어려운 고민거리였다.

"난 어떻게 하는 게 좋을까?"

선배가 애원하는 것 같은 눈으로 날 쳐다봤다.

뭐가 옳은 것인지, 나 같은 애송이가 대답할 수 있을까.

아니, 내가 애송이라는 정도는 선배도 알고 있다.

그것까지 다 알고서, 선배는 나한테 상담한 것이다.

그리고 내가 네크로그란트 흑마법사에 만족하고 있다는 것도, 말릴 가능성이 크다는 것도 알고 있다.

그래도, 나한테 물었다는 건——

선배가 내 성실함을 믿어줬다는 뜻이다.

그렇다면 나도 최대한, 우직할 정도로 성실하게 대답해야 하지 않을까.“

“선배. 지금의 저로서는 이 회사에 남아야 좋을지 이직하는 게 좋을지는 모르겠어요. 인생 경험도 없고, 상대 회사에 대해서도 잘 모르니까요.”

“그렇겠지.”

선배가 힘없이 웃었다.

여기서 이야기를 끝내는 건 간단했다.

그런다고 선배가 나를 나무라지도 않겠지.

하지만, 선배를 위해서 좀 더 뭔가를 해주고 싶었다.

그래서, 나는 계속해서 말했다.

“그러니까—— 조금만 시간을 주세요. 제 나름대로, 선배가 이직하려는 회사에 대해 알아볼게요!”

그것이 내가 할 수 있는 한계라고 생각했다.

——남는 쪽이 좋다.

——이직해야 한다.

어느 쪽이건 근거가 부족하다. 나 자신이 자신 있게 결론을 도출할 수가 없다. 도저히 선배에게 말할 수 있는 일이 아니다.

그렇다면 몸으로 뛰는 쪽이 좋다고나 할까, 내 나름대로 선배가 이직할 곳의 일에 대해 알아보자.

"알아본다니, 어떻게 하려고……?"

당연히 물어보겠지. 그리고 설마, 『제1마법』본사에 가서 「내가 일하는 회사 선배가 귀사로 전직할지도 모르는데, 어떤 업무를 맡게 될지 가르쳐 주십시오」라고 말할 수도 없는 일이니까.

그렇다고 아무 방법도 없다고 하면, 의미가 없다. 그건 면접 보러 가서 근성이라면 얼마든지 있습니다, 같은 소리만 하고 구체적인 정보는 하나도 제시하지 않는 사람과 똑같은 짓이다. 도저히 믿을 수가 없겠지.

"생각이라면 있어요. 잘 될지는 모르겠지만."

"케르케르 사장님한테는 말하지 말고……."

파피스타냐 선배님도 사장님이 슬픈 표정을 짓게 하는 건 싫어한다.

사장님이라면 선배가 이직한다고 말해도 좋은 곳으로 간다고 기뻐하거나 송별회를 열어줄 것 같지만, 그래도 오랫동안 같이 일해온 동료가 없어지는 건 사실이니까, 틀림없이 쓸쓸하다는 생각을 하겠지.

나도 사장님 입장이라면 남아달라고 말할 수밖에 없을 테고.

하지만 선배는 사장님을 위해서 살아가는 게 아니다.

어디까지나 선배 자신의 행복을 위해서 살고 있다.

그걸 잘못 생각해서 사장님 시점으로 대답하거나 내 시점으로 대답하면, 선배가 나한테 속내를 털어놓은 의미가 없어지게 돼버린다.

"비밀은 꼭 지킬게요. 사장님한테는 절대로 말 안 하고요."

"응. 난 아무것도 해줄 수 있는 게 없지만."

"그런 소리 하지 마세요. 같은 회사 사람에게 상담하는 건 당연한 일이잖아요."

나는 최대한 환하게 웃어 보였다.

"그리고, 선배가 절 믿어주니까 저도 정말 기뻐요."

이제 겨우 2년 차에 들어선 신참에게 대선배가 상담을 하다니, 자랑해도 되는 일이다.

◇

우리는 카페에서 나와 파피스타냐 선배와 헤어졌다.

이미 밖은 꽤 어두워져 있었다.

"그래서, 이제 어쩔 생각이야 프란츠?"

인파를 빠져나왔을 때 메어리가 물었다.

"아마도 정확한 판정을 하기 위해서는 대기업의 계획에 대해 알아내야 할 것 같은데, 그게 그렇게 쉽게 할 수 있는 일이 아니거든. 이번에는 꽤나 힘든 과제야."

"저도 좋은 생각이 떠오르지 않네요……."

세룰리아도 두 손을 가슴 앞에서 모으고 곤란하다는 표정을 지었다.

"할 수 있는 일이라면, 기업 중역에게 미인계를 걸고 거기서 기밀 정보를 알아내는 방법 정도밖에 없어요……."

"세룰리아라면 진짜로 할 것 같아서 무섭거든……."

세룰리아라면 어지간한 남자들은 전부 농락할 수 있을 것 같다. 솔직히 서큐버스는 그쪽 방면의 프로잖아. 대기업 중에는 그런 일을 위해서 서큐버스를 고용한 곳도 있을 것 같다…….

"단지…… 저는, 가능한 주인님만을 위해서 일하고 싶어요……. 지금은 아직 다른 남성분과 몸을 맞댈 생각이 없다고 할까……."

세룰리아의 볼이 발그레해졌다.

가슴이 찡해왔다.

이런 말을 들었으니, 세룰리아를 이용하는 일은 절대로 못 한다.

뭐, 나 자신은 여러 여성과 그런 관계를 가졌으니까, 너무 내 멋대로 생각하고 있다는 건 자각하고 있지만…….

"세룰리아에게 그런 일을 시킬 생각은 없으니까 안심해. 알아본다고 말한 것도 나 자신이고. 내 책임으로 할 수 있는 범위에서 할 거야."

이렇게 말하지 않으면 세룰리아와 메어리도 과도하게 날 도와주려고 하니까, 폐를 끼치게 된다.

"주인님, 사랑해요!"

세룰리아가 나를 꼭 끌어안았다. 2년 차에 들어섰어도 세룰리아의 사랑은 식지 않았네.

미인은 사흘이면 질려버린다는 말을 만든 놈은, 아무것도 모르는 놈인 것 같다. 어쩌면 정말로 얼굴만 가지고 상대를 고르는 놈이었으려나……

"뭐, 이 몸은 프란츠의 말을 믿을 생각이야. 이 몸 정도는 아니지만, 프란츠한테도 빛나는 구석이 있으니까."

"엄청 거만한 말투기는 하지만, 칭찬해줘서 고마워."

메어리 입장에서는 최대한의 평가겠지.

"그래도, 흑마법만 가지고 할 수 있는 일에는 한계가 있으니까. 어쨌거나 마법은 속성에 따라서 잘하는 것과 못하는 게 있으니까."

메어리는 이상이나 기합 때문에 현실에서 눈을 돌리지 않는다. 나는 메어리의 그런 현실주의적인 측면도 신뢰하고 있다.

흑마법에는 파멸적인 내용의 마법이 많다. 그리고 위력은 크지만, 전체적으로 조잡하고.

어둠 속에 몸을 감추는 마법도 있지만, 상대는 천하의 대기업이다. 설마 모습을 슬쩍 감춘 정도로 안에 들어갈 수는 없겠지.

"예를 들자면, 자마법이라면 사람 마음을 읽을 수도 있었지."

"응, 메어리. 정답이야. 자마법을 쓸 생각이야."

이번 일에는 자마법이 제일 적합하다.

정신 지배라든지 환각을 보인다든지, 상대를 속이는 데

특화된 마법이 많다.

내 말을 들은 메어리가 질렸다는 표정을 지었다.

"프란츠, 그건 독학으로 배울 수 있는 게 아니라고. 특히 자마법은 난해하기로 유명한데. 일단은 흑마법에 가깝다고 하기는 하지만."

메어리의 말이 좀 심하긴 하지만 전부 맞는 말이다.

말 그대로 날 믿어주기 때문에, 온 힘을 다해서 나한테 말해주고 있다는 걸 알 수 있다.

"독학으로 할 생각은 없어. 나는 노력 자체를 목적으로 삼을 만큼 노력론자는 아니니까."

그렇게 되면 단순한 자기만족이다. 이번에는 선배를 만족시켜야 하니까.

"프란츠한테 스승이 돼 줄 사람이, 있었던가?"

메어리가 고개를 갸웃거렸다.

"배움의 터에 은사 같은 분이 계시지 않았던가요?"

세룰리아의 예상은 그야말로 성선설에 바탕을 둔 것이지만, 아쉽게도 마법학교에 그렇게까지 신뢰할 수 있는 선생님은 없었다…….

"상대 쪽이 어떻게 대답할지 아직 모르는 일이야. 하지만—— 아마도 내 몸을 바치면 될 것 같아."

이걸로 둘 다 짐작을 했겠지.

바칠지 말지는 다른 문제지만…….

"소심한 분에게서 속내를
끌어내는 것도 면접관이
할 일입니다"

제
3
화

대
기
업
잠
입
작
전

다음날. 나는 오후 반차를 내고, 단신으로 왕도에 있는 어떤 회원제 음식점으로 갔다.

그 가게는 주택가에 있고, 얼핏 보면 그냥 조금 큰 단독주택으로만 보이는 곳이었다.

벨을 눌렀더니 나타난, 그 집 사모님 같은 사람에게 소개해준 사람의 이름을 말했다.

"후후, 들어오세요."

사모님 같은 종업원이 안으로 안내해줬다.

문전박대당하는 건 아닌지 조금 무서웠지만, OK였다.

안쪽은 여러 개의 방으로 나뉘어 있고, 그 방 하나하나가 객실이었다.

그 방 중에 하나에 들어갔더니 날 불러낸 사람이 있었다.

"설마 네가 나한테 도와달라고 말할 줄은 몰랐어."

자리에는 시크한 검은 드레스를 입은 어른 여성이 앉아 있었다.

『바니타자르 개발』의 사장, 바니타자르다.

"파업 때 이후로 처음 뵙네요. 자마법이라면 당신에게 부탁하는 수밖에 없다고 생각했거든요."

"정답이라고 생각해. 쓰는 사람이 거의 없으니까. 하지만 내가 가르쳐준다고 해도 하루아침에 배울 수는 없어."

나는 손가락으로 나를 가리키면서 말했다.

"저 자신을 쓴다면, 뭔가 방법이 있을 수도 있겠죠?

바니타자르가 쿡쿡 웃었다.

"대가는 비쌀 거야. 확실하게 조교 해달라고 할 테니까."

아으, 응, 예······.

"『조교 해줄 테니까』가 아니라, 『조교 해달라고 할 테니까』군요······."

"실컷 혼내줘. 부탁이야. 쇠사슬은 지금도 가지고 있거든."

"아무리 회원제 가게라고 해도 그런 걸 꺼내지 마세요!"

갈 길이 험한 것도 정도가 있지── 하지만 이게 제일 가능성이 크다.

그쪽 방면의 전문가에게 의지하는 쪽이 초보자의 노력보다 백 배는 효과적이니까.

"뭐, 이쪽 얘기는 나중에 하고. 여기는 어디까지나 고급 레스토랑이니까, 식사라도 하면서 얘기하자. 코스가 몇 가지 있는데, 어떤 걸로 하겠어?"

메뉴를 봤더니 제일 싼 코스라도 은화 한 닢이 넘네······.

학생 시절에는 꿈도 못 꿨던 가게에도 올 만큼, 나도 성장한 걸까.

나는 바니타자르와 같은 코스를 주문했다.

"먼저 당신 아는 사람의 상황에 대해서 알고 있는 범위 안에서 전부 말해줘. 편지에는 상당히 애매하게 적어서 알 수 없는 부분이 많았거든."

거절당할 경우도 생각해서, 파피스타냐 선배라는 걸 알아볼 수 없도록 애매하게 적었다. 바니타자르가 『제1마법』과 거래하고 있을 가능성도 있으니까.

"예. 실은 제가 다니는 회사 선배가——."

현재 상황을, 물론 내가 알고 있는 범위 안에서만, 말했다.

중간에 음식이 나왔다.

음식도 맛있어 보였지만, 그걸 즐길 여유는 없었다.

"그렇구나. 잘 알겠어."

바니타자르가 요염하게 웃었다. 이 사람이 변태만 아니면 참 좋은데 말이야…… 라는 생각을 했다.

"그래서, 당신은 어떻게 하는 쪽이 최선이라고 생각해? 먼저 당신 생각을 말해줘."

나는 바니타자르의 눈을 보면서 이렇게 말했다.

"스카우트를 제안한『제1마법』쪽 사람의 마음을 알아보려고 합니다."

이게 내 나름대로의 최선이다.

"알아본다고 해서, 어떻게 판단할 건데?"

"그 사람이 선배에 대해 얼마나 깊이 생각하고 있는지를 볼 겁니다."

그걸 알면 선배가 행복해질지 아닐지, 어느 정도 지표는 될 테니까.

"선배를 맡겨도 되는 놈인지 아닌지 마음을 읽어서 확인하겠다는 건가. 왠지 말이야, 당신, 그 선배 아버지 같네. 딸을 줘도 되는지 아닌지 확인하려는 것 같아."

바니타자르가 놀렸다.

"으…… 듣고 보니, 그런 요소도 없지는 않은 것 같네……."

이거, 딸이 약혼할 사람을 데리고 왔을 때의 아버지 같은 발상이잖아.

하지만 나도 언젠가 「따님과 결혼하게 해주세요!」라고 말하러 갔을 때, 그쪽 아버지의 판단을 받는 날이 올 수도 있겠지?

그렇다면 여성 관계가 너무 문란하다고 야단을 맞을지도…….

아냐, 딱히 바람을 피운 건 아니니까 문제는 없…… 으려나?

"하지만, 완전히 잘못된 생각은 아니야. 조직이라는 건, 결국 위쪽 사람의 생각에 따라 여러 가지가 정해지는 법이니까. 군대가 사령관의 판단에 따라서 공격이나 철수를 결정하는 것이나 마찬가지야."

"그야, 그렇겠죠. 사원 전체 투표로 뭔가를 정하는 게 아니니까."

회사가 조직인 이상은 높은 자리에 있는 사람이 큰 방침을 정한다.

"듣자 하니 파피스타냐라는 애는 흑마법사로서 틀림없는 천재겠지. 그건 부정하는 것 자체가 바보 같은 짓이야."

"예. 뜨개질을 이용해서 입체적인 마법진을 만들어버리는 사람이니까요……."

혼자서 압도적인 기술 혁신을 이룩해버린, 엄청난 사람이다.

"하지만…… 천재한테 흔히 있는 일이기는 하지만, 큰 조직에서 활약할 수 있는 능력은 없는 것 같네."

나도 고개를 끄덕여서 인정하는 수밖에 없었다.

그런 능력이 있었다면 유명한 기업에서 일하고, 지금쯤 이름을 떨쳤겠지.

"그렇다면『제1마법』에서 그 사람을 어떻게 쓸 생각인지 확인하는 것도 나쁘지는 않겠네. 내가 도와줄게."

"정말 고맙습니다!"

하지만, 곧바로 바니타자르가 뭔가를 원하는 눈빛을 보여서 깜짝 놀랐다.

"그 전에, 날 실컷 조교 해줘야 해. 그건 잊지 말고."

"예…… 그건 저도 각오하겠습니다…….."

회원제 가게를 이용해서 대화를 나눈 이유가, 오히려 그것 때문이라는 생각이 드네…….

◇

그 뒤에, 유난히 분홍색으로 물든 외관의 숙박 시설에 들어갔다.

당연히 분홍색 일들을 하는 게 주목적인 숙박 시설이다. 모험자 파티가 사용하는 곳이 아니다. 뭐 입구에는「모험자 분들도 환영!」이라고 적혀 있었지만.

방에 들어간 뒤에 많은 일들을 했지만, 너무 위험한 것들이라서 뇌가 언어화를 거부했다.

　일단 인간이 오로지 에로를 위해서 헤아릴 수도 없을 만큼 많은 아이템을 만들어냈다는 사실만은 확실하게 알았다.

　"그나저나 대체 어디서 파는 거야, 이딴 것들……? 사업으로 성립될 만큼 수요가 있는 건가……."

　나는 옷의 의미를 찾아볼 수 없는 옷을 보면서 말했다. 아까까지 바니타자르가 입고 있던 것이다. 가려야 할 부분이 전부 보이는 물건이다.

　"아, 그건 말이야 『바니타자르 개발』에서 만들고 있어."

　"자사 제품이었어!"

　엄청난 방향으로 업종을 변경했네…….

　"블랙 기업이었지만, 지금은 훌륭한 핑크 기업이 됐다는 얘기지."

　멋진 말을 했다는 것 같은 표정 짓지 말라고.

　"이런 아이템, 사는 사람은 비싸더라도 사주거든. 원가는 얼마 안 하니까, 꽤 돈이 돼. 언데드들한테도 확실하게 휴가와 급여를 챙겨주고 있고."

　한 번 죽었다가 이 세상으로 돌아와서 창피한 아이템을 만들고 있다니, 대체 무슨 업보냐고.

　"이렇게 창피한 건 만들기 싫다면서 퇴직한 애들도 있지만, 퇴직금은 잘 챙겨줬으니까."

　하긴 뭐, 그다지 알리고 싶지 않겠지……. 살아 있는 친척이 있을지도 모르니까.

"그 목줄도 우리 회사에서 만든 거야. 목을 너무 압박하지 않게 배려했거든. 그쪽 아이템은 마력을 불어넣으면 일정 시간동안 진동을 울리는 거고."

"그 진동을 어디다 쓰는지는 안 물어볼 겁니다……."

"그럼 휴식도 끝났으니까, 5회전 들어가자."

그렇게 체스라도 두는 것 감각으로 말하지 말아줬으면 싶다.

솔직히 말해서, 체력적으로도 상당히 지쳐 있다.

진짜로 이거, 과로사해버릴 위험이 있는 게 아닐까……. 어떤 의미에서 보면 남자로서 가장 바람직한 죽음── 은 아니겠지. 후회하게 될 거야, 그건 그것대로…….

나는 겨우 바니타자르한테서 해방됐고, 침대에 앉아서 시시한 잡담을 나눴다.

"참고로 사원은 자사 제품을 30% 할인받아서 살 수 있어."

"만약에 갖고 싶은 사람이 있더라도, 산다고 말하기가 힘들잖아요!"

"그건 그렇기는 하지만, 본인도 성(性)적인 아이템을 만드는 입장이니까 대놓고 말해줬으면 싶어. 사람들이 원하는 물건을 만드는 일인데, 당당해져야 하지 않겠어. 실제로 우리 회사에서는 사용자가 안전하고 청결한 물건들만 만들고 있거든. 그것 때문에 병에 걸리는 사람들이 줄어든다면 정말 좋은 일이지."

"그렇군요. 그렇게 생각하면 사회 공헌이라고 할 수도 있겠네요."

"이 야한 옷도 정말 잘 만들어졌거든."

바니타자르가 또 자사 제품을 꺼냈다.

"그거, 옷이라고 할 수 있는 건가요. 오히려 끈을 몇 가닥 엮어놓은 물건 같은 느낌인데……."

"예전 것들은 너무 심하게 조여 대서, 가게 여자애들이 피곤했다는 것 같아. 우리 회사 물건은 전혀 피곤하지 않다면서 아주 인기가 좋아.

가게라는 게, 한마디로, 야한 일을 전문적으로 하는 가게겠지.

그런 곳에서 큰 수요가 있다면, 안정된 경영이 성립될지도 모르겠다.

온갖 곳에 온갖 회사들이 관여해 있고, 사회를 만들고, 경제를 굴리고 있다.

"일단 나는 만족했으니까, 그 작전, 도와줄게."

"예. 부탁드릴게요."

이제야 본론에 들어갈 수 있게 됐다.

"기왕 이렇게 된 김에, 마법도 이 방에서 쓸게. 여길 거점으로 삼아서."

"예! 이런 데서 말인가요! 완전히 그런 짓을 위한 숙박 시설인데!"

창피하니까 후딱 나가고 싶다. 인테리어도 유난히 따뜻한

계열의 색이라서 심란하기도 하고.

"그래서 더 좋은 거야. 여기는 훌륭한 밀실이잖아.『제1마법』사옥 근처나 네크로그란트 흑마법사 안에서 뭔가를 하는 것보다는 들킬 위험이 적어."

듣고 보니 말이 되기는 했다.

"쇠뿔도 단숨에 빼라고 했지. 바로 할게."

바니타자르는 방의 카페트 위에 펜으로 마법진을 그려나갔다.

"거기다 그리면 변상하라고 하지 않을까요…….'"

"이건 나중에 닦으면 바로 지워지는 소재로 만들었어. 원래는 사람 몸에 그리기 위한 물건이니까."

성(性)에 대한 인간의 탐구심은 정말 대단하구나.

"자, 마법진 중심에 들어가."

나는 시키는 대로 했다.

그리고 바니타자르가 뭔가를 기동하는 것 같은 짧은 고대어를 말했다.

순간── 엄청나게 피곤한 느낌이 내 몸을 덮쳐 왔다.

나도 모르게 "으……" 하는 소리가 나올 정도로.

"엄청나게 졸리겠지만, 여기는 침대도 있으니까 말이야. 바로 잘 수 있어."

정말로 여기가 제일 적합한 장소였던 건가…….

"지금 그거…… 대, 대체, 뭘 한 건가요……?"

말하기도, 힘들다. 그 정도로 엄청난 권태감이다.

나는 자세한 이야기는 못 들었다. 대략적인 발상만 들었고.

전력은 거의 바니타자르에게 맡겼다.

"당신 자신의 마력을 매개체로 삼아서, 마력을 더 끌어내고 있어. 딱히 마법을 못 쓰게 되는 건 아니니까 안심하고. 증상은 피로뿐이니까. 지금부터 하려는 마법에는 방대한 마력이 필요하거든."

좋았어. 참기만 하면 된다는 얘기니까, 그 정도면 간단하지.

"그나저나……."

바니타자르의 얼굴이 흐려졌다. 뭐야, 무슨 문제라도 생긴 건 아니겠지?

"아무리 그래도 마력이 너무 많이 나와. 당신, 엄청난 재능을 숨기고 있어……."

"아마도…… 시스콤 조상님 덕분이에요……."

그다지 감사하고 싶지는 않지만, 여동생에 대한 사랑 때문에 나라를 멸망시킬 뻔했던 흑마법사가 내 머나먼 조상 중에 계시다.

"자마법을 쓸 정도는 되나요……?"

"여유 있어. 쓰고 남을 정도야."

거기서 바니타자르가 간단한 소환계 마법을 영창했다.

나타난 것은 그냥 흔한 흰쥐였다.

"그럼, 지금부터 당신의 감각을 이 쥐한테 옮길 테니까."

이게 「나를 이용하는」 계획이다.

내가 스파이로서 회사에 들어가는 건 난이도가 너무 어렵다.

도적도 뭣도 아니니까, 대기업에 들어가서 정보를 훔쳐내는 건 도저히 불가능한 일이다. 만약에 도적이라고 해도, 마법으로 인간을 감지하는 장치가 있으면 거의 회피할 수 없을 테고.

그래서 쥐한테 그 역할을 맡긴다.

"쥐가 공격당해도 당신은 무사하니까 안심해. 당신의 육체에는 흠집 하나 안 생겨. 단, 아픔 같은 감각은 쥐의 몸을 빌린 동안에도 계속 느껴지니까, 그건 조심하고."

"아, 알겠습니다……."

그 뒤로 바니타자르가 상당히 복잡한 마법을 영창했고, 손으로 허공에 다른 마법진을 그렸다.

자마법── 정신 이동.

말 그대로 내 정신을 쥐에게 옮겨서 컨트롤하는 마법이다.

쥐를 내 마음대로 조작할 수 있게 된다.

간단한 정신 마법은 흑마법으로도 할 수 있다. 나도 쓸 수 있고.

하지만 그건 벌을 쫓아낸다든지 하는, 아주 간단한 것이다.

대상을 자유자재로 움직이려면 자마법 전문가에게 부탁하는 수밖에 없다.

하지만 그것도 엄청난 마력이 필요하다.

상대의 정신을 완전히 빼앗는 건, 상당히 위험한 마법이다.

불이나 바람을 일으키는 것과는 질이 완전히 다른.

그래서 먼저 내 체력을 대가로 마력을 잔뜩 끌어냈다.

수명이 줄어드는 건 아니니까, 큰 부담도 아니다.

기껏해야 내일 하루, 힘들어서 연차를 내야 할지 고민할 정도 수준이다.

그 마법 영창이 끝난 순간——

내 시야가 돌변했다.

회색의, 키가 작은 풀밭이 펼쳐져 있다.

아니, 이건 카페트다! 내가 작아져서 카페트를 보고 있어!

아, 이게 쥐가 보는 풍경인가.

"성공했어. 당신은 그 쥐의 몸을 빌린 거야."

바니타자르의 목소리가 유난히 크게 들린다.

설마 쥐가 돼버릴 줄이야, 살다 보면 정말 별별 일들이 다 일어나는구나…….

——쥐가 된 게 아니야. 당신의 몸은 지금도 마법진 위에 서 있어.

그런, 바니타자르의 사념 같은 게 머릿속으로 흘러들어 왔다.

그 말을 듣고 옆을 봤더니 나랑 많이 닮은 거인—— 아니, 나 자신이 서 있다.

그나저나 지금 바니타나르가 소리 내서 말한 건 아닌데.

대체 뭐지…….

──정신 이동 주문을 사용한 건 나야. 한마디로 내가 관리 권한을 가지고 있다는 얘기지. 그런 내가 사념을 정도는 날릴 수 있지 않겠어. 그리고 당신이 생각하는 것도 전부 알 수 있고.

하긴, 이런 고도의 자마법은 지금의 나로서는 죽었다 깨어나도 쓸 수 없다.

파피스타냐 선배도 자마법까지는 무리겠지.

이번에는 나도 쥐 몸인 채로 말하려고 했는데,

"찍찍찍!"

하는 쥐 울음소리만 나왔다.

──쥐 몸에는 아무것도 손대지 않았으니까 말은 못 해. 자세한 건 모르겠지만, 목의 구조가 달라서 사람 같은 발성은 못 할 거야.

듣고 보니 맞는 말 같다. 아니, 엄밀히 말하자면 들은 게 아니라 사념이 날아온 거지만.

바니타자르가 내 앞에서 몸을 웅크렸다.

그래도 내가 그녀를 올려다보는 모양이 됐다.

쥐 시점이라서 그런지, 그것만으로도 무섭다는 생각이 들었다.

사람한테 밟히면 즉사니까. 거인이 눈앞에 있는 것과 마찬가지다.

"자, 여기서부터는 운반책한테 부탁해볼까."

운반책? 설마 다른 프로라도 쓰려는 건가. 정말로 뒤쪽 세상에서 사업을 하는 사람다운 발상이다.

참가자가 너무 많아지지 않았으면 좋겠는데 말이야…….들킬 가능성도 커지니까.

"솔직히 『제1마법』 본사까지는, 쥐 상태로 걸어가기에는 너무 멀잖아. 게다가 사람한테 밟히거나 까마귀한테 잡아먹히기라도 하면 처음부터 다시 해야 해."

그러고 보니 『제1마법』 본사에 멀리 떨어지면 쉽게 들키지는 않지만, 당연하게도 그만큼 침입하기도 힘들어진다. 이런 쥐 상태로 도달하는 건 무리라고 할 수 있다.

바니타자르가 오른손으로 날 잡았다.

그리고 그대로 가볍게 들어 올렸다. 터트려 죽이지 않으리라는 걸 알고는 있어도, 거인한테 붙잡힌 인간의 기분을 맛보게 된다. 즉, 어쩔 수 없이 공포심이 밀려 온다…….

운반책이라는 게 대체 누구지? 역시 마차라도 운전하는 걸까.

──운반책은 당신도 알고 있는 애야. 자, 일단 호텔에서 나가는 게 좋기는 한데, 옷을 입는 게 귀찮단 말이야.

지금의 바니타자르는, 한마디로 표현하자면 알몸보다 더 창피한 옷을 입고 있다.

──그러니까, 창문으로 실례할게.

바니타자르가 창문을 열었다. 그러자 창문이 나왔다.

서서, 설마, 여기서 던질 셈이야?!

──바로 그거야. 여기 2층이니까, 쥐 크기라면 어떻게든 되겠지. 그리고 만약에 죽는다고 해도 당신 몸이 죽는 건 아니니까.

그래도 무섭다고! 제대로 옷 챙겨 입고 외출해줘!

──하지만, 이 차림으로 로브라도 걸쳤다간, 오히려 알몸을 다른 사람에게 보여주려는 변태 같은 꼴이 된단 말이야.

그건 보통 옷으로 갈아입으면 되는 문제잖아! 이만큼 어려운 마법도 썼으니까, 그 정도 수고는 아끼지 말라고요!

"시끄럽게 굴지 말고. 갔다 와."

바니타자르가 나를 창밖으로 던졌다.

2층인데, 생각보다 오랫동안 떨어지는 것 같은 기분이 든다. 쥐 크기가 돼서 그런 걸까. 대성당 꼭대기에서 떨어지는 것 같은 기분이다.

그리고, 밑에서 누군가가 나를 기다리고 있는 게 보였다.

그 누군가는 옷을 펼쳐서 해먹처럼 만들고, 쥐 상태인 나를 받아줬다.

내 몸이 크게 튕겼지만, 간신히 다시 그 옷 위로 떨어졌다.

"오랜만이야~. 설마 쥐 상태인 너랑 다시 만나게 되다니~. 살다 보면 정말 신기한 일도 다 있다니까~. 아, 난 죽었지만."

그 목소리는, 거베라!

크기 감각 때문에 알아차리기 힘들었지만, 틀림없이 거베라가 날 받아줬다.

좌우에 하나씩, 머리에 찐빵을 달아놓은 것 같은 머리 모양이 반갑다.

언데드 거베라. 예전에 바니타자르가 죽지 않는다는 걸 이용해서 엄청나게 블랙한 노예 노동을 시켰던 사람이다.

그 생활이 싫어져서 큰마음 먹고 도망쳤는데, 그걸 내가 발견했다.

바니타자르가 마음을 고쳐먹은 뒤에는 언데드라는 점을 이용해서 심야 아르바이트 같은 걸 했었는데, 그 뒤로는 만난 적이 없었다.

"지금도 심야 노동을 하고 있어서, 낮에는 시간이 남거든. 그래서 운반책 일을 하고 있지."

그렇구나. 쥐라서 말할 수 없는 게 조금 슬프기는 하지만.

"돈도 모아서 조금 좋은 집으로 옮길까, 낮 시간에 다른 일자리를 찾아볼까 생각하고 있었는데, 그러다가 바니타자르한테도 상담을 했거든. 조건에 따라서는 회사로 돌아가는 것도 생각하면서."

그렇구나. 그 인연으로, 여기서 거베라가 나온 건가.

"『제1마법』 본사까지 데려다줄게. 손바닥에 올려놓으면 조금 눈에 띄니까, 어깨에 올라가 줄래?"

알았어—— 라고 마음속으로 생각했지만, 거베라한테는 안 통하겠지.

"찍찍."

알았다는 뜻으로 이해해 주겠지. 나는 어깨로 이동했다.

거베라의 옷 속에 숨고, 얼굴만 살짝 내밀었다.

──잘 된 것 같네. 『제1마법』까지는 걸어서 30분 정도면 가니까.

머릿속에는 아직도 바니타자르의 사념이 들려오고 있다.

이거, 머릿속이 꽤 간질간질해지는 감각이네.

"넌 말을 못 하니까 나 혼자 얘기할게. 최근에 가까운 곳 여행하는 데 빠져 있거든. 뭘 먹어도 맛은 모르지만, 경치는 볼 수 있을 테니까~."

아주 가까운 거리에서 거베라의 느긋한 목소리가 들려온다.

"그러다가 생각했어. 아~ 살아 있을 때는 이런 경치도 거의 못 봤구나, 정말 아깝다~ 하고. 그래서 시간도 잔뜩 있고 하니까, 모르는 곳들을 다녀보고 있어."

죽은 뒤에도 삶의 보람은 찾을 수 있구나.

흔한 표현이기는 하지만 아주 좋은 이야기를 들은 것 같은 기분이 들었다.

누군가의 편의를 위해서 불려 나온 언데드가, 스스로 자신이 존재하는 의미를 찾아내다니. 정말 좋은 이야기잖아.

거베라 자신은 의외로 가벼운 성격이니까, 아르바이트를 하면서 느긋하게 살아가는 것도 꽤 재미있을 지도 모른다.

"찍, 찍찍."

정말 대단하다는 의미로 울었다. 이 정도 가지고는, 거베라한테는 전해지지 않으려나.

"사람이 많이 드나드는 시간이 더 들어가기 쉽겠지. 조금

빨리 걸을게."

그렇게 말하고, 거베라의 이동 속도가 빨라졌다.

25분 정도 지나서.

"도착했어" 거베라가 말했다.

여기가 『제1마법』 건물인가.

하지만 쥐의 문으로는 어떤 건물인지, 얼마나 큰 건물인지 잘 모르겠다. 아무튼 눈앞에 돌로 만든 건물이 있다는 정도는 알 수 있다.

거베라는 나를 살며시 집더니, 사람 눈에 띄지 않는 곳에 살짝 내려놨다.

"여기서는 네가 일할 차례니까. 건투를 빌어~."

거베라는 가버렸다. 여기서 시간을 들이면 너무나 수상하게 보일 테니까, 인사도 간단하게 했다.

나중에 차라도 한잔하면 좋겠다. 어라, 거베라는 차를 못 마셨던가……?

——좋았어. 회사 앞까지는 도착했나보네. 지금부터가 진짜 플레이야. 아, 성적인 의미의 플레이는 아니고.

나도 안다고요…….

——본사 입구 문 옆에서 대기해. 본사니까 사람들이 많이 드나들 거야. 기다리다 보면 문이 열릴 테니까, 그 틈에 안으로 들어가면 돼.

알겠습니다. 잘 처리할게요.

파피스타냐 선배를 스카우트 하려는 사람의 직책은 알고

있다.

어느 방에 있는지도 대충 조사해뒀다.

내 목적은 당연히 그 방이다.

하지만 정보를 얻을 수 있을지는 모르는 일이다.

내가 하려는 것은 도청 행위.

유익한 정보를 말해줄지도 미지수. 아무 상관 없는 얘기, 예를 들자면 취미인 낚시 얘기만 계속 듣게 될지도 모른다.

하지만, 이게 내가 할 수 있는 최대한의 일이다. 그렇게 해서 성과를 얻지 못한다면, 선배한테 솔직하게 그렇다고 보고한다.

엄밀하게 말하자면 바니타자르의 자마법의 힘을 빌렸으니까, 최대한을 뛰어넘었다.

그래도 내 인맥이니까, 이것도 내 힘이라고 해도 되겠지.

역시 대기업답게 사람들의 이동이 많다. 나는 사람들 눈에 띄지 않도록 신중하게 이동했다.

그리고 도저히 마법 회사답지 않다고 할까, 애당초 마법사 같은 분위기가 전혀 느껴지지 않는 사원들이 많다.

아마도 일반 사무직이나 영업직만 해도 상당한 인원이 있겠지. 오히려 마법사 같은 전문직은, 이쪽 본사에는 거의 없을지도 모른다.

꼭대기 층 구석에 있는 방이 『제1마법』의 부장실이다.

15분 정도 가만히 기다렸더니, 그 방을 노크하는 사원이 이었다.

"들어오세요"라는 목소리가 들리고, 그 사원이 문을 열었다.

지금이다! 나는 사원의 신발 바로 뒤에 붙어서 잠입했다.

그리고 이번에는 부장의 책상 밑으로 이동했다.

지금부터는 계속 대기다. 갑자기 부장이 책상 밑을 엄중하게 조사하는 일은 없을 테니까.

부탁한다, 선배의 인사에 대한 이야기를 해줘.

부장의 목소리는 잘 들려오기는 하지만 회사의 방침에 관한 내용뿐이고, 파피스타냐 선배에 관한 내용은 내가 파악할 수 있는 범위에서는 하나도 없었다.

──여기서부터는 인내심 싸움이야. 기다리는 동안에 당신 몸이나 가지고 놀아볼까.

바니타자르가 말도 안 되는 소리를 사념으로 보내왔다.

하지 말아요! 이쪽이 의사 표시를 못 하는 동안에 그런 짓을 하는 건 범죄라고요!

──의사 표명은 하고 있잖아. 이렇게 연락도 주고받는데.

OK라고 한 적은 없거든요!

──알았어, 알았다고. 뭐, 시간이 오래 걸릴 것 같으면, 호텔 이용 시간을 계속 연장하면 되니까, 마음 놓고 잘 듣고 있어.

조금 위험한 구석도 있지만, 지금은 바니타자르를 믿자.

부장의 얼굴이라도 잘 봐두고 싶지만, 쥐가 있다는 걸 눈치채고 처리하려고 들면 곤란하니까. 지루하지만 가만히 기다리자.

그 부장은 그야말로 기업 중역 같은 대화만 주고받았다.

아무래도 마법사이기는 한 것 같은데, 이 정도 직책이 되면 자기가 직접 마법을 써서 일을 하지는 않는 것 같다.

마침내 업무 시간이 끝났다는 종이 울렸다.

기분 탓인지 귀에 들려오는 소리가 줄어든 것 같다.

사람들이 퇴근하고, 건물 내부 인구 밀도가 낮아진 탓이겠지.

하지만 부장은 관리직이라서 그런지, 퇴근하지 않고 데스크 워크를 하고 있다.

지금까지 알아낸 것은 여기가 진정한 대기업이고, 파피스타냐 선배가 신천지라고 생각하는 것도 조금은 이해할 수 있다는 정도였다.

나로서는 지금의 네크로그란트 흑마법사가 최고니까 이직할 생각은 없지만, 오랫동안 한 곳에서 일하다 보면 이직을 생각하게 되는 때가 올지도 모른다.

부장은 사무 업무만 계속할 뿐이었다. 지루하지만 견디는 수밖에 없다.

──오늘 안에 결론이 나오지 않으면, 호텔을 하루 더 연장할게. 하지만 당신도 계속 무단결근을 하면 곤란할 텐데.

하긴……. 그렇게 되면 세룰리아와 메어리한테 말을 전해 달라고 해주겠어요? 내가 선배를 위해서 움직이고 있다는 건 그 둘도 알고 있으니까, 입을 맞춰줄 거예요.

며칠 동안 연차를 써도 사장님은 별말이 없겠지만, 그래도 이상하게 여기기는 할 테니까 최대한 빨리 결판을 내는 게 제일 좋다.

여섯 시 쯤 됐을까.

문 열리는 소리가 났다.

겨우 그것뿐인데 이상하게 분위기가 달라졌다.

쥐가 됐어도 그런 건 알 수 있다. 오히려 인간일 때보다 민감해졌다.

이건 시시한 업무 논의가 아니다.

"부장님, 역시 사장파는 아무것도 이해해 주지 않습니다."

들어온 사람이 부장에게 그렇게 말했다.

"그 사람은 새로운 사업을 너무 망설이고 있습니다. 가만히 있으면서 수익만 올릴 수 있다면 좋겠지만, 그러다가 천천히 쇠퇴해 간다면 그건 자살이나 마찬가지입니다!"

"음. 나도 이익을 내고 있는 동안에 새로운 사업을 시도해야 한다고 생각하네" 부장이 대답했다.

"역시, 회사를 위해서라도 부사장파가 정권을 잡아야 합니다!"

그럭저럭, 상황을 이해했다.

• 현상 유지를 생각하는 사장파.

• 신규 사업을 추진하려는 부사장파.

회사가 이 두 파벌로 갈라져 있고, 부장은 부사장파다.

이만큼 큰 기업이 되면, 파벌이 없는 게 되레 이상하겠지.

"그래. 나도 이제야 구체적인 방법이 떠올랐다네."

부장이 그렇게 말했다. 차분한 목소리만 들어봐도 거물의 풍격이 느껴졌다.

그 직후에, 아주 신경 쓰이는 말이 나왔다.

"카리스마가 있는 마법사 몇 명의 스카우트를 검토하고 있다."

틀림없이, 그 안에 파피스타냐 선배도 포함돼 있다!

"하나같이 능력 면에서는 흠잡을 데가 없는 마법사들이지. 그들을 각 지역의 관리직이나 거기에 가까운 위치에 배치한다. 그자들은 회사 분위기 같은 걸 모르니까, 이상한 짓들을 하겠지. 그리고 그 밑에 있는 자들도 동경에 가까운 감정으로 영향을 받게 되고."

"즉, 새로운 것을 하고 싶어 하는 사원들이 늘어난다는 뜻이군요!"

내가 있는 곳에서는 보이지 않지만, 부장이 고개를 끄덕였을 것이다.

"그렇다면 하극상도 가능합니다!"

들어온 사람이 기세 좋은 목소리로 말했다.

"특히 파피스타냐라는 친구는 상당히 혁신적인 마법 기술을 가지고 있다고 합니다. 그 친구가 선두에 서면, 기술자 사원들이 지지해줄 겁니다. 사장파한테 이길 수 있습니다!"

"그래. 먼저 지방에서부터 우리 쪽의 기반을 다져나가는 거야."

이야기는 계속됐지만, 대략적인 답은 그 시점에서 이미 알았다.

──당사자들은 신이 났지만, 밖에서 보기에는 아무리 좋게 봐줘도 그냥 파벌 싸움이네.

바니타자르가 일축했다.

사회인 경험이 적은 내 판단이라면 또 모를까, 바니타자르가 그렇게 말한다면 그게 맞겠지.

"부장님, 일생일대의 승부에 나서봅시다! 만약에 져서 좌천되기라도 하면, 이딴 회사는 때려치우면 그만입니다! 저도 따라가겠습니다!"

그 사원은 자기 자신에게 힘을 주려고 말하는 것처럼 들렸다.

"해보시죠! 한 번뿐인 인생 아니겠습니까! 장기 말을 모아서 싸워보는 겁니다!"

실례합니다, 전 이제 됐어요. 정보는 충분히 얻었어요.

──기왕 하는 김에, 그 쥐는 밖으로 내보내 줘. 여기서 그냥 쥐가 돼버리면 잡아 죽일 테니까.

당연한 얘기다. 지금까지 신세 진 쥐를 그냥 버리는 건 너무하지.

흑마법사가 동물 애호 정신을 지녔다고 하면 이상하게 보일 수도 있겠지만, 현대에서는 무턱대고 동물을 제물로 바치는 시대가 아니니까.

　나(가 조종하는 쥐)는 혈기왕성한 사원이 나갈 때 같이 부장실에서 빠져나왔고, 그대로 『제1마법』 건물 밖 큰길까지 달려갔다.

　하는 김에 음식물 찌꺼기가 많은 뒷골목까지 가서 마법을 해제했다.

　이 상태라면 쥐도 당분간 먹고 사는 데는 걱정이 없겠지.

　여기서 머리에 커다란 파열음이 울린 것 같은 기분이 들었고—— 의식이 끊어졌다.

◇

　정신을 차려보니 호텔 침대에 누워 있었다.

　다리 쪽에는 바니타자르가 침대에 걸터앉아 있고.

　"수고했어. 결론도 나온 것 같네."

　"예. 파피스타냐 선배한테 어떻게 전할지도 결정했습니다."

　"무리해서라도 조사해보길 잘했네. 조금 위법적인 부분도 있기는 했지만, 이렇게라도 해야 알아낼 수 있는 정보였고, 그쪽도 나중에 스카우트 제안을 받았을 때 어떻게 처신해야 할지 참고가 되겠지."

　"그렇겠죠. 하지만 이번 건도 선배 자신이 어떤 결론을 내

릴지는 아직 모르는 일입니다만."

"그야 뭐, 그렇겠지. 회사에서의 승리 조건은 사원 각자가 다른 법이니까. 사장이 되고 싶은 사람도 있어. 한직에서 탱자탱자 놀면서 지내고 싶은 사람도 있겠지. 관리직에 관심이 없고, 끝까지 현장에서 일하고 싶어 하는 사람도 있고. 가족을 먹여 살릴 돈만 받을 수 있으면 그만인 사람도 있잖아. 각양각색이야."

바니타자르는 어딘가 추워 보이는 분위기였다.

참고로 복장은, 그 과격한 것 그대로. 몸이 차가워졌으면 보통 옷으로 갈아입어줬으면 좋겠는데 말이야……. 너무 공격적이거든…….

"나도 젊은 시절에는 회사를 내가 원하는 대로 바꾸겠다고 의욕이 넘쳤었는데, 결국 변화를 싫어하는 다수파한테 밀려서 격리당했었어. 하지만 그 일 덕분에 내 회사를 만들겠다는 의욕이 생겼으니까, 나쁜 일은 아니었다고 생각해."

"바니타자르 씨도 쓴맛 단맛 다 보면서 살아왔군요."

젊어 보이지만, 이 사람의 인생은 격동의 연속이었다.

전에 이야기를 들었을 때는, 보트를 타고 폭포가 줄지어 있는 계곡을 따라 내려가는 것 같은 기분이 들었다.

"그렇지 뭐. 그래도 예전의 블랙 기업 때처럼 정신 나간 짓도 저질렀으니까, 꽤 어려운 일이야. 케르 같은 인격자는 못 될 것 같아."

케르케르 사장님도 이 사람도, 아무튼 많은 경험을 하고 이 자리에 있다. 괜히 오래 산 게 아니다.

"지금의 바니타자르 씨는 정말 훌륭한 사람이에요. ……
플레이는 좀 위험하지만."

"뭐? 그 정도면 아직 시작 단계라고 생각하는데."

이 사람, 나중에 공공음란죄 같은 걸로 잡혀갈 것 같
아…….

"그럼 시간도 많이 늦었으니까, 저는 슬슬—— 윽……."

침대에서 일어나려고 했지만, 엄청난 육체적 피로가 밀려
와서 다시 침대 위로 쓰러지고 말았다.

"이렇게까지 피곤한 기분이 드는 건, 태어나서 처음인지
도 모르겠네요……."

"당신의 육체를 매개체로 삼아서 마력을 잔뜩 끌어냈으니
까, 당연히 피곤하겠지. 게다가 정신 이동까지 해서 이중으
로 지쳤고. 푹 쉬다가 가."

"알겠습니다……. 그럼 그렇게……."

이 상태에서 밖에 나가봤자 길바닥에서 갑자기 쓰러질 것
같다.

그런데, 바니타자르가 내 몸에 자기 몸을 얹었다. 그리고
는 손으로 내 몸을 눌렀다.

"내가 회복시켜줄게. 나, 이런 거 잘하거든."

"그거, 체력 회복 마법 같은 게 아니라 그냥 마사지를 하
려는 거죠? 바니타자르 씨, 백마법은 못 하는 것 같으니까."

가끔씩 세룰리아가 마사지를 해주고 있는데, 그것과 비슷

한 손놀림이다.

"맞아, 마법이 아니라 마사지야. 구체적으로는—— 하반신에 힘이 나게 하는."

"지금은 그런 회복 필요 없거든요!"

뭔 짓을 하려는 거야, 이 사람!

"피로를 몸에서 몰아내는 거야. 그러면서 노폐물도 같이 나오는 것뿐이고."

결국 바니타자르의 마수에서 도망치지는 못했지만, 분명히 피로는 상당히 경감됐다…….

그날 밤, 집에 돌아온 나는——

"세룰리아, 미안하지만 저녁밥은 됐어. 아무튼, 침대에 눕고 싶어."

열 시간 정도 숙면을 취했다.

단지, 꿈에서도 바니타자르가 나와서, 쥐 모습인 나를 쫓아다니기는 했지만…….

다음날, 나는 파피스타냐 선배를 찻집으로 불러냈다.

"그 일 얘기지. 후배 군을 귀찮게 만들었네. 미안한 짓을 했어."

선배는 자조하는 것처럼 웃었다.

평소에 무표정한 선배다보니, 그것만으로도 무리하고 있

는 것처럼 보였다.

"귀찮게 했다는 생각은 하지 마세요. 그런 말씀 하시면, 아무도 다른 사람한테 부탁을 못 하게 되잖아요."

다른 사람에게 자기 고민을 말할 권리 정도는 누구에게나 있고, 살다 보면 고민 정도는 생기기 마련이다.

그걸 전부 자기 마음속에 쌓아두면, 도저히 살아갈 수 없게 돼버린다.

"선배, 그 회사에 대해서 제가 개인적으로 조사해봤어요. 어떤 방법을 썼는지도 말하지 않으면 납득하지 못하실 테니까, 전부 말씀드릴게요."

그리고 나는 회사에 잠입한 것까지 포함해서 전부 말했다.

…………참고로 바니타자르가 내 몸에 한 짓에 대해서는, 본론과 아무런 관계가 없으니까 굳이 말하지 않았다. 그런 얘기를 하면 성희롱이 될 테니까…….

"숨어들었다니……. 후배 군, 대담무쌍……."

나보다도 배짱이 두둑해 보이는 선배도 놀랐다.

"그렇겠죠. 하지만 덕분에 귀중한 정보를 알게 됐어요. 해 보길 잘했죠."

거기서 나는 선배의 눈을 빤히 쳐다봤다.

고개 숙이고서 말할 일이 아니니까.

"그래서, 어디까지나 제 의견이지만── 이직은 안 하시는 게 좋을 것 같아요."

당연히 나는 선배가 나가지 않았으면 싶으니까, 그런 생각이 영향을 미쳤을 거라고 생각한다.

하지만 그건 어쩔 수 없는 일이다. 내 입으로 말하는 의견이니까.

무색투명한 존재는 의견을 말할 수 없다.

"부장실에 있던 사람은 장기 말이라는 표현을 썼어요. 이직하더라도 선배는 고작해야 장기 말로서 살아가게 되겠죠."

선배를 대기업의 사내 정치에 끌어들이려고 했을 뿐이다.

대기업 입장에서 보면, 선배는 파피스타냐라는 천재이기 이전에 그저 우수한 장기 말에 불과한 것이다.

나는 선배가 파피스타냐라는 천재인 채로 있어 줬으면 싶다.

"물론 선배를 스카우트한 사람들 쪽 파벌이 이기면 더 출세하게 될 수도 있겠지만…… 아마도 질 것 같고, 그렇게 되면 시시한 일만 하는 부서로 보내지겠죠. 확률을 따져보면 도전해도 되는 싸움이 아니에요."

선배를 스카우트하려는 사람에게도 이념은 있겠지. 양쪽 파벌 이야기를 들어보면, 선배의 실력을 알아본 부사장파 쪽의 생각이 옳을 것 같다는 생각도 든다.

하지만——

"머릿수를 불리기 위해서 다른 곳에서 일하는 사람을 빼오는 방식을, 저는 용납할 수 없어요. 그건 다른 사람의 인생을 생각하지 않는 방식입니다. 정말로 책임감이 있는 사람이라면 할 짓이 아니고요."

스카우트한 사람이 아주 진지하다면, 그 위험부담에 대해서도 말해야 한다.

하지만 그들은 파피스타냐 선배에게 그런 말을 안 했다.

그 점 때문에 나는 그 사람들을 신뢰할 수 없다.

이념과 행동의 고결함은 별개다.

아무리 큰 정열을 품고 있는 사람들이라도, 그것을 위해서 선배를 소비하려고 생각한다면, 선배를 그런 곳으로 보내는 건 싫다.

"——이상이, 제 의견이었습니다."

최종적으로 결정하는 건 선배다.

"어디까지나 참고만 하세요. 저는, 더 이상 아무 말도 안 하겠습니다."

"후배 군, 이 가게, 나가자. 이제, 답은 정했으니까.

선배가 조용히 자리에서 일어났다.

주문한 차에는 거의 손도 대지 않았고, 아직까지도 김이 피어오르고 있었다.

가능하다면 여기서 결론을 듣고 싶지만, 그렇게 해달라고 말할 권리는 없으니까.

그날은 바람이 꽤 세서 쌀쌀하다는 느낌이 들 정도였다.

이 계절에는 가끔씩 계절이 되돌아간 것처럼 추운 날이 있다.

다음 목적지가 있는 건 아니지만, 바로 선배와 헤어지는 것도 이상하다는 기분이 들어서, 선배와 같이 걸어가고 있었다.

선배는 말이 없고, 나도 무슨 말을 해야 좋을지 알 수가 없다보니 둘 다 아무 말이 없다.

그리고 한참 동안 둘이서 왕도 시내를 걸어갔고, 분수 광장까지 왔을 때.

갑자기, 선배가 나를 꼭 끌어안았다.

광장에는 커플들도 있으니까, 그런 행동 자체는 부자연스러운 게 아니다.

"고마워, 후배 군. 이 회사에 남을래."

선배는 울고 있는 것 같았지만, 날 끌어안고 있어서 얼굴은 보이지 않았다.

"다행이네요. 정말로."

선배, 나한테 달라붙을 장소를 찾아서 걸어 다녔던 거구나.

말로 「남는다」고만 말해도 왠지 불안할 테니까, 이렇게 얼굴을 묻는 방법을 곁들인 것이다.

"후배 군한테 상담하길, 정말 잘했어……."

그 말을 들은 것만으로도, 지금까지 한 일에 가치가 있다고 생각한다.

나는 거기서 선배와 헤어졌다.

아직 밤에는 좀 춥지만, 기분은 이상하게 따뜻했다.

사장님한테는 말할 수 없지만, 내가, 회사에 아주 중요한

인재를 붙잡는 데 성공했다.

지금까지 회사를 위해서 한 일 중에 제일 큰 게 아닐까.

◇

──그래서, 여기서 끝났으면 아주 깔끔하고 좋았을 텐데, 또 한 번 파란이 있었다.

바니타자르가 또 날 불러냈기 때문이다.

게다가 상당한 고급 호텔로…….

"저기요, 분명하게 말할게요. 지난번 일은 이미 내 몸으로 다 지불한 것 같으니까, 아무것도 안 할 겁니다. 분명히 만족했을 테니까요. 신세를 지기는 했지만, 그것과 이건 별개니까……."

내 입으로 분명하게 말하겠다고 선언하기는 했지만, 이 사람 앞에 오면 역시 무섭다니까…….

거물다운 분위기가 느껴진다. 아우라가 느껴진다.

"걱정하지 마. 오늘은 아무것도 요구하지 않을 테니까. 일단 거기 있는, 미약이고 뭐고 아무것도 안 들어간 차라도 마셔. 정말로 약은 안 탔으니까."

"굳이 강조하는 게 너무 수상한데……."

바니타자르 쪽은 우아하고 편한 자세로 의자에 앉아 있는데, 그것만 가지고는 안심할 수 없다.

"틀림없는, 지극히 평범한 차야. 나한테는 여기서 당신을 배신해서 신뢰 관계가 무너지는 쪽이 더 큰 손해니까. 나는 자본주의 속에서 살고 있기 때문에 손해 보는 짓은 절대로 안 해."

"그런, 그런가……."

생각해보면 여기서 바니타자르가 내가 싫어하는 짓을 할 이유는, 하나도 없네. 그나저나 과격한 짓을 하고 싶어졌다고 해도, 거기에 상응하는 교환 조건을 제시하겠지. 억지로 밀어붙일 필요는 없다.

조심조심 차를 마셔봤는데, 한 모금만 마셔 봐도 고급 차라는 걸 알 수 있는 맛이었다.

평소에 마시던 것과는 전혀 다른 차원의 향이 느껴진다.

"그건 『은바늘 페코』라고 하는 최고 품질의 차야. 접대용이지."

"절 접대할 필요가 있다는 뜻이군요."

굳이 따지자면 나야말로 파피스타냐 선배 일로 도움을 청했으니까, 고맙다는 말을 해야 하는데 말이야.

선배 일이 끝났으니까, 뒤풀이 같은 거라도 하자는 건가?

하지만 그런 데 쓸 장소가 아닌데 말이야, 여기는……

도움을 받은 직후에 이런 생각을 하는 건 미안하지만, 또 뭔가 꿍꿍이가 아닌가 하는 의심이 든다…….

"저가, 프란츠 군. 일 년 정도 흑마법사 일을 해보니 어땠어?"

생각도 못 한 질문이 날아왔다.

정말로 딴생각 없이 부른 건가.

"그러니까, 어떠냐고 해도 말이죠. 솔직히 말해서, 너무 많은 일들이 있었다는 생각뿐입니다."

말 그대로, 정말로. 백마법 업계에 있었다면 훨씬 평범했 겠지.

네크로그란트 흑마법사의 대우가 좋기는 하지만, 위험한 일도 몇 번인가 했다.

그중에 몇 번은 내 스스로 뛰어든 것 같은 일이었지만.

"그렇겠지. 그건 꼭 흑마법 업계라서 그런 건 아니지만, 사회인은 선택지가 유난히 많아지는 법이니까. 안전한 길 도 위험한 길도 얼마든지 지나가야 하는 법이야. 예를 들자 면, 대학을 졸업하자마자 바로 창업한다든지."

"그건 위험한 길이다!"

"특히 흑마법 세계는 뒤쪽 세상이랑 연결되고 싶다고 마 음만 먹으면 얼마든지 연결될 수 있고. 하지만 기본적으로 해야 한다고 생각한 일을 하면 그게 정답이야. 조금 실수하 더라도 안 하고 후회하는 것보다는 하는 게 좋으니까."

아, 오늘은 제대로 된 말을 하는 모드다.

바니타자르의 눈을 보면 알 수 있다.

"하지만, 한 일에 대해서는 반드시 책임을 질 것. 그게 좋 은 사회인으로서 있을 수 있는 조건이야. 이것만은 잊지 말 아줘. 다시 말할게. 자기가 한 일에 대해서는 반드시 책임 을 질 것."

"유난히 못을 박는 말투네요."

똑똑히 들어야 할 것 같아서 찻잔을 내려놨다.

"사과해야만 하는 일을 저질렀다면 솔직하게 사과할 것. 실수했으면 숨기지 말고 보고할 것. 까부는 것도 좋지만, 그것 때문에 큰코다쳤으면 잊어버리려고 하지 말고 반성할 것."

이 사람, 오늘은 꼭 술이라도 마신 것처럼 말을 하네.

"이런 것도 못 하는 놈은 어른들의 사회에서 사라지게 되니까. 난 사라진 놈들을 수도 없이 봤어……. 마지막에는 사람으로서 제대로 된 놈인지 아닌지를 기준으로 판단하는 법이야."

바니타자르의 시선이 조금 위쪽으로 향했다. 뭔가를 생각하고 있는 것 같은데.

"먼저, 분명한 실수를 계속 은폐하다가 들켜서, 신용을 완전히 잃고 은퇴한 녀석이 있었지……."

"아, 그건 안 되죠……."

"사죄가 늦은 데다, 그 사죄가 되레 불에 기름을 부은 꼴이 돼서 불길이 더 커졌고, 그래서 망한 회사도 있었고……."

"예, 사죄하는 수밖에 없을 때는 철저하게 해야겠지요……."

"혼자 잘난 척 까불다가 저지른 잘못을 동업자들한테 보고하기 싫다는 이유로 회식이나 모임에도 전혀 나오지 않다가, 그대로 교류도 소식도 완전히 끊겨 버린 개인 사업자……."

"사람들과의 교류가 없어지면, 개인 사업자는 일이 들어오는 게 확 줄어버릴 테니까요…….'

"하나하나 따져보면 끝이 없어. 하지만, 본질적인 부분에서는 전부 똑같은 일이지."

"책임을 지지 않았다는 점이 공통됐다는 뜻이군요."

케르케르 사장님은 부정적인 이야기를 거의 해주지 않으셔서, 바니타자르의 이런 이야기는 상당히 유익했다.

아픔을 겪고 직접 뛰어넘은 사람만이 해줄 수 있는 말도 있다.

"그런 얘기야. 그 말을 해주고 싶었어. 당신은 아직 젊으니까. 틀림없이 실패도 후회도 하겠지. 그건 당연한 일이야. 문제는 실패한 뒤의 대처라고."

"뭐야, 잔뜩 경계하고 여기까지 왔는데, 괜히 걱정했네."

아주 좋은 얘기만 해줬다.

"자, 지금부터가 본론인데 말이야."

"예?! 또 뭐가 있는 건가요…….'

"있지. 여기, 호텔이거든. 그런 짓을 하기에 딱 좋은 곳이잖아."

이제 와서 무슨 소리냐는 표정을 지었다.

아니, 이봐요! 처음에 했던 얘기랑 전혀 다르거든!

"오늘은 아무것도 안 한다고 했잖아요!"

"맞아. 난 안 해."

짝짝, 바니타자르가 손뼉을 쳤다.

안쪽 방에서 누군가가 나왔다.

우리 앞에 나타난 사람은── 거베라였다.

"우와~ 안녕~. 또 만나게 됐네~."

거베라는 머리를 긁으며, 묘하게 쑥스러워하고 있다.

"자, 이건 거베라 네 문제니까, 네가 직접 말해."

바니타자르가 자기는 관계없다는 것처럼 의자를 살짝 뒤로 뺐다.

거기에 호응하는 것처럼 거베라가 살짝 고개를 숙였다.

얼굴은 언데드답게 창백한 색이지만, 긴장했다는 건 알수 있다.

"저기…… 그게 말이야…… 나, 남성 경험이 없는 채로 죽어서, 언데드가 됐으니까………… 그런 걸, 한번 해보고 싶거든……."

폭탄 발언이 나왔다!

"그런 얘기야. 당신이 상대해줘."

"뭐, 뭐요~! 어째서 그렇게 되는 건데요?!"

"왜, 얘를 언데드로 부활시킨 건 나잖아. 그러니까 얘 소원을 이루는 걸 도와줄 책임 정도는 있는 거라고. 조금 전에 말했잖아. 책임은 꼭 져야 한다고."

그 좋은 얘기가 이걸 위한 복선이었냐!

"그렇다고 믿을 수 없는 남자를 준비하는 것도 곤란하잖아. 당신이라면 적임자라고 생각했을 뿐이야."

"적임자라니……."

"같은 회사 선배를 위해서 그렇게까지 하는 남자는 흔치 않거든. 첫 경험에 딱 좋은 인재잖아?"

바니타자르가 거만한 얼굴로 말했다.

일단은 칭찬이다 보니 반론을 할 수가 없었다…….

"그럼, 난 이쯤에서 실례할 테니까. 둘이 알아서 잘해봐."

바니타자르는 재빨리 방에서 나갔다.

어쨌거나 바니타자르 본인은 단 한 번도 거짓말을 안 했다.

그리고, 당연히 나랑 거베라 둘만 남았는데…….

"저기…… 나, 죽어서 감각도 없을지도 모르지만…… 형식적으로라도, 해주면 좋을, 것…… 같거든……."

이래선 도망칠 수 없겠네……. 책임을 져야겠지…….

"알았어……."

나는 고개를 끄덕이고, 천천히 바지 벨트를 풀었다.

그 뒤에, 침대 위에서, 불안해 보이는 표정의 거베라가 "어때? 넌 어떤 기분이야? 즐거워?"라고, 몇 번이나 물었다.

"오히려, 거베라가 어떤 기분인지가 훨씬 더 중요할 텐데."

"나, 언데드라서 잘 모르겠거든……. 그래서, 네 표정 같은 걸 보고 판단하는 부분이 크다고나 할까……."

그렇다는 걸 알았으니…… 나도 열심히 해주겠어!

그 뒤에 내가 「만족했다」고 대답했더니, 거베라가 「다행이다……」라고 말하며 나한테 안겨 왔다.

거베라의 피부는 차가웠지만, 오랫동안 나한테 안겨 있었

던 덕분인지 많이 따뜻해져 있었다.

"저기, 또, 친구로서, 같이 쇼핑 같은 거 같이 가줄 수 있을까?"

침대 위에서 손을 잡은 채, 우리는 서로 얼굴을 마주 봤다. 역시 고급 호텔이라서 침대가 푹신푹신하다.

"그런 거라도 좋다면."

"응, 고마워!"

친구로서 쇼핑하러 가는 것뿐이다. 응, 문제는 없어, 문제는 없다고.

하지만, 메어리한테는 좀 말하기 힘들지도 모르겠네…….

제
4
화

크루냐, 마음의 병

올해부터 마법사가 아닌 무얀이 사무 일을 맡게 됐는데—

사실 우리 회사에는 또 한 사람, 마법사가 아닌 인재가 있다.

"아, 좋은 아침이에요~!"

출근했더니 테이블을 닦고 있던 크루냐 씨가 인사를 해 줬다.

그렇다. 크루냐 씨는 회사에 살면서 일하고 있다.

크루냐 씨는 물에 빠져서 자살하려던 걸 내가 막았던 사람이다. 남자 친구한테 속은 데다 돈까지 들고 도망쳐서 자포자기해 있던 상태였다.

그 뒤에 생활 기반도 없으면 사회 복귀도 못 할 것 같다는 생각에 사장님께 부탁해서 청소 일을 맡기기로 했고, 방이 남아도는 회사 안에서 살고 있다.

그 뒤로 크루냐 씨는 몇 가지 아르바이트를 하면서 본격적으로 취업할 곳을 찾고 있다.

먼저 메어리가 마음에 들어 했던 침구 가게.

그리고 음식점.

이것저것 열심히 하고 있다.

최근에는 아침 일찍부터 아르바이트하러 나가는 덕분에, 내가 출근했을 때면 이미 나간 뒤라서 얼굴을 마주칠 일이 거의 없었는데, 이번에 오랜만에 보게 됐다.

"어머나, 크루냐 씨 오늘은 힘이 넘치네요. 저까지 즐거워지네요~ ♪"

세룰리아의 표정도 저절로 밝아졌다.

지금은 5월. 최근에 많이 따뜻해져서, 옷을 얇게 입는 세룰리아한테는 아주 고마운 계절이 된 영향도 있을지도 모른다.

"아, 크루냐. 그 얼굴을 보니 뭔가 좋은 일이 있었나보네."

메어리가 딱 잘라서 말했다. 아무리 그래도 인사만 가지고 어떻게 알아.

"잘 알아보셨네요! 드디어 정사원 취직이 결정됐어요!"

진짜였어!

정말이지, 메어리의 통찰력은 진짜 대단하네······. 상급 마족이라서 그런 걸까······.

"크루냐 씨, 어떤 회사에 들어가게 된 거야?"

이 사람은 마법사가 아니니까 일반 기업일 텐데.

그래서 어디에 취직했는데, 순수하게 궁금했다.

"『애머시스트 인쇄』예요! 사원 수 200명이 넘는 훌륭한 회사라고요!"

"오, 대단한데! 나도 그 회사 이름은 들어본 적 있어!"

『애머시스트 인쇄』라면 다양한 책이나 각종 포스터, 전단지 등을 만드는 회사다.

회사 규모도 사람이 적은 곳보다는 많은 곳이 마음이 놓인다. 그렇게 따지자면, 우리 네크로그란트 흑마법사도 사람이 적은 곳이기는 하지만······.

"일은 책상에 앉아서 하는 것 중심이라서, 지금부터 공부하면 저도 어떻게든 할 수 있을 거래요. 취직하게 돼서 정말 기뻐요! 내 두 번째 인생이 드디어 시작되는 거야!"

크루냐 씨의 눈이 반짝반짝 빛나고 있다.

그 기분, 나도 이해해.

정직원 채용이 결정됐으면 당연히 흥분될 만도 하지.

"정말 대단하네요! 오늘은 축하 파티를 해요! 왕도에 있는 가게에서 저녁 식사 어떠세요?"

세룰리아가 크루냐 씨의 손을 잡고 폴짝폴짝 뛰었다. 세룰리아는 정말로 서큐버스가 맞는 걸까. 사실은 천사 아냐?

"그럼, 고맙게 받아들일까? 야호~!"

"뭐, 오늘 정도는 제대로 된 데서 살게요. 이 회사, 급여는 많이 주니까."

같은 또래의 회사원들과 비교해도, 연봉은 내가 압도적으로 많이 받는다. 네크로그란트 흑마법사와 케르케스 사장님 만세.

그날, 우리 가족과 크루냐 씨는 술집으로 갔다.

"그런데 말이야, 여기 사장님이라면 축하 파티를 열어줄 것 같은데 말이지. 정사원이 아니라서 그런가?"

메어리가 말했다. 그러고 보니, 크루냐 씨는 송년회 여행 때도 같이 안 갔었지.

크루냐 씨가 아르바이트하러 가야 했기 때문일 수도 있겠지만. 그리고 송년회는 내용이 내용이었다 보니 크루냐 씨가 안 와서 다행이었다……. 흑마법 다운 송년회 여행은 정말 엄청나게 문란했으니까…….

"사실은 다음 주에, 사장님도 파티 열어준다고 했어!"

"뭐야~. 그럼, 두 번이나 하는 거야~. 아주 잘 챙기고 있네."

"좋은 파티는 몇 번을 해도 좋은 거잖아. 메어리도 술이 잘 넘어가고 있으면서."

메어리는 생김새는 어린애 같지만, 술을 꽤 잘 마신다.

"그렇지 뭐. 70% 정도는 이 몸도 기쁘니까."

메어리다운 기쁨의 표현이라고 생각했다.

크루냐 씨도 한때는 살 곳조차 없어져서 어떻게 하나 싶었는데, 그런 상황에서 시작해서 본격적으로 새 출발을 할 수 있는 곳까지 돌아왔다.

사람에게는 때를 기다리는 시간이 필요하다. 스프링도 압축돼야 튕겨 나갈 힘이 생기는 법이니까. 갑자기 밖에 나가려고 하면 여러 이유로 짓밟히고 뭉개지게 된다.

노력도 중요하지만, 최소한의, 몸을 지킬 만큼의 여유가 있어야 그 노력도 할 수 있다. 굶어 죽을 것 같은 사람한테 갑자기 근력 운동을 시키는 건 이상한 짓이다. 그럴 때는 먼저 죽부터 먹여야 한다고.

그리고 크루냐 씨의 인생 제2장이 지금부터 시작된다.

"아르바이트가 일찍 끝났을 때도 회사 서고에서 공부했거든. 입사 시험을 보는 회사도 많으니까. 『애머시스트 인쇄』에서도 필기시험이 있었어."

"그렇구나. 그럼 우리 회사는 최고의 기숙 환경이었겠네. 사장님이랑 프란츠한테 고마워하라고."

메어리가 그런 소리를 했다. 내 이름이 나오니까 창피하네.

"그러게. 프란츠 씨, 정말 고마워!"

크루냐 씨가 날 끌어안았다.

술김에 그런 것도 있겠지만, 나로서는 쑥스러울 따름이다.

"전부 크루냐 씨가 노력한 덕분이에요……. 크루냐 씨가 아무것도 안 했으면, 아무것도 얻지 못했을 테니까……."

『애머시스트 인쇄』니까 말이야. 가족이 경영하는 작은 기업도 아니고. 어느 정도의 능력이 없으면 채용하지도 않겠지. 틀림없이, 크루냐 씨가 성장한 덕분이다.

"그래도, 살 기회를 준 건 프란츠 씨니까."

크루냐 씨의 눈동자가 살짝 촉촉해져 있었다.

"프란츠 씨는 생명의 은인이니까. 그건 앞으로도 달라지지 않아."

"저도…… 기, 기뻐요……."

거기서 크루냐 씨가, 어째선지 세룰리아 쪽을 슬쩍 봤다.

"그러니까, 세룰리아가 사역마가 아니었다면, 내가 프란츠 씨를 차지했을 텐데 말이야."

"저기, 취한 탓인지, 말이 좀……."

"이건 이것대로 영광이네요~♪"

세룰리아는 싱글싱글 웃고 있다. 서큐버스한테는 최고의 칭찬인지도 모르겠다.

"단지 흑마법 세계는 극히 일부 음란한 부분도 있으니까, 어쨌거나 크루냐 씨가 주인님과 교제하는 건 힘들었을 거라고 생각해요. 아마도 크루냐 씨의 가치관으로는, 매일같이 바람을 피운다고 느낄 수도 있어요."

세룰리아, 그건 말이 너무 심―― 한 게 아니냐고 말하고 싶었지만, 반박할 수가 없다…….

하지만, 만약에 특정한 여성과 정식으로 교제하게 되면 그때는 바람을 피우지 않을 거야―― 라고 장담할 자신도 없네…….

그렇게 해서, 그날 취업 축하 파티는 즐겁게 막을 내렸지만―

돌아오는 길에, 메어리가 조용히 말했다.

"크루냐 취직, 70%는 기쁘다고 했잖아."

"응, 그렇게 들었어."

그게 솔직하지 못한 구석이 있는 메어리 나름의 표현이라고 생각했었는데,

"여기서 나머지 30%에 해당하는 걱정하는 점에 대해서 말할게."

또, 메어리가 뭔가 위화감을 느낀 것 같다.

메어리는 지금까지 위험한 회사에 대한 의혹 등을 정확하게 간파한 실적이 있다.

예를 들자면 세룰리아의 언니 리디아 씨가 아이돌 사무소라고 하는 회사한테 속을 뻔했던 때도 그 거짓말을 간파했었다.

"메어리 씨는 정말 신중하시네요. 저도 보고 배워야겠어요."

아니, 세룰리아는 좀 더 밝게 굴어도 되거든.

메어리는 오래 살아온 만큼 세상의 어둠도 많이 알고 있다.

"저기 말이야, 프란츠. 지금이 몇 월이지?"

"5월이지. 그나저나 그 정도는 메어리도 다 아는 거잖아."

"5월이라면 어떤 시기라고 생각해?"

뭐야 이 스무고개 같은 질문은.

"그러니까…… 봄 같고, 좋은 날씨지. 오히려 더운 날도 많고."

"날씨 얘기는 됐고. 업무에 관해서는 어떻게 생각해?"

5월에 업무? 입사할 시기도 아닌데…….

"재수 없는 말이기는 하지만, 5월병이려나. 그리고 학교 데뷔에 실패한 애들이 확실하게 드러나는 시기이기도 하고…… 아, 쓸데없는 생각이 나려고 하네……."

마법 학교에 다니던 때, 나는 여자애들과 사이좋게 이야기하는 캐릭터가 아닌 카테고리에 들어가 버렸고, 그만큼 공부에 더 많은 시간을 들이게 됐다.

덕분에 지금 다니는 회사에도 들어오게 됐으니 후회는 전혀 안 하지만, 당시에는 꽤나 힘들었다.

"일반적으로 신입사원은 몇 월부터 일하기 시작하지?"

"그건, 업무 연도 초인 4월이 많지 않을까. 최근에는 9월에 시작하는 곳도 있다는 것 같지만."

"그렇지. 보통은 5월이 아니라 5월이지."

아, 이야기의 핵심에 다가간 것 같은 기분이 든다.

"크루냐는 5월에 면접을 보고 채용이 결정됐어. 어째서 한 달이 늦어진 걸까."

그렇구나. 메어리가 걱정하는 건 그 점인가.

"듣고 보니 이상하네요. 이 시기에 정사원을 모집하는 일은 없을 것 같은데……."

세룰리아도 입술에 손을 대고 고개를 갸웃거렸다.

"신입 채용이라면 4월에 입사하게 되지만, 중도나 경력직을 모집하는 회사도 있으니까, 단순히 그런 문제가 아닐까……?"

물론 구인 정보지에도 신입 이외의 정사원 채용 모집이 잔뜩 실려 있다. 신입 외에는 정사원이 될 수 없다는 세상은 완전히 지옥이다. 그러고 보니 엄청난 옛날의 취업 빙하기 시절에는 그런 일도 있었다고 하지만, 이제는 전설 같은 이야기니까.

"뭐, 이 몸은 기본적으로 매사를 삐딱하게 보고 있으니까. 걱정이 너무 많다는 것도 자각하고 있어. 그래서, 30%만 불안하게 생각하는 거야."

정말이지, 메어리는 생긴 것과 다르게 염세 철학자 같은 태도를 보이는 경우가 많다니까.

"하지만, 그 30%가 이 몸을 답답하게 만들거든. 자, 이제 끝. 이 일은 잊어버려도 돼."

그렇게 말해도, 잊어버리기 힘든데 말이야——

세룰리아가 내 팔을 꼭 붙잡았다.

"주인님, 오늘은 기분 좋게 취했네요. 밤에 실컷 즐겨봐요♪"

그날 밤은 세룰리아와 서큐버스적인 일을 실컷 해서, 메어리가 한 말을 완전히 잊어버렸다.

◇

마침내 크루냐 씨가 『애머시스트 인쇄』에서 일하기 시작했다.

그렇다고 당장 네크로그란트 흑마법사에서 나가는 건 아니다. 지금도 살고 있다.

아무리 정사원이라고는 해도 첫 월급을 받아서 좋은 월세집을 빌리는 건 경제적으로 힘든 일이니까.

재수 없는 이야기인지도 모르지만, 일을 오랫동안 계속할 수 없을지도 모른다는 위험도 없다고 할 수는 없고.

그렇다면 통근 시간이 조금 걸리기는 해도, 지금 있는 곳에서 계속 살면 돈도 모을 수 있다.

솔직히 이사하는 자체가 힘들다. 이사는 인생의 귀찮은 일 랭킹에서 상위권에 해당하겠지.

케르케르 사장님도 「굳이 나갈 필요는 없어요. 편하게 계세요」라면서 특유의 좋은 사람다운 힘을 발휘한 덕분에, 크루냐 씨도 안심했다.

결국 크루냐 씨와 만날 기회가 완전히 사라져버렸다.

아무래도 네크로그란트 흑마법사에서 왕도에 있는 회사까지 출근하고, 왕도에서 네크로그란트 흑마법사까지 퇴근해야 하니까. 그쪽의 시간과 내 시간이 전혀 겹치지 않는다.

네크로그란트 흑마법사는 잔업이 거의 없다 보니, 내가 퇴근할 때면 크루냐 씨는 네크로그란트 흑마법사에 있는 「집」에 도착하기 전이다.

나는 나대로 충실한 나날을 보내고 있었다.

자주적으로 백마법을 배우기도 하면서.

가장 나이가 가까운 선배로서(그리고 일반 상식적인 선배로서) 무얀한테 흑마법에 대해 설명한다든지. 분명히 말해두는데, 야한 짓은 안 했다.

새로운 기술을 시험하는 세룰리아와 서큐버스적인 뭔가를 한다든지.

마지막 부분은 조금 의미가 다르기는 하지만, 어쨌거나 충실하게…….

세룰리아도 상당히 진지한지,

"지금까지 하던 방법만 가지고는 질리는 날이 올 거예요. 서큐버스에게 권태기는 아주 큰 적이랍니다. 질리지 않도록 해야 할 필요가 있어요."

라고, 아주 뜨겁게 말했다.

그렇다. 서큐버스에게 있어 충실한 밤일은 장난 같은 일이 아니라, 아주 진지하게 임해야만 하는 일이다. 나도 세룰리아를 소환한 주인으로서 일정한 의무가 발생한다.

그래서 나도 진지하게 참가하고 있다.

흑심은 없—— 는 건 아니지만, 흑심이 전혀 없으면 없는 대로 세룰리아가 곤란해지니까, 이러면 되는 거야!

그리고 세룰리아의 새로운 기술이란——

"바니타자르 씨가 말씀하셨던 것처럼 의상에 의한 변화를 줘봤어요. 주인님, 어떠신가요……? 잘 어울리나요……?"

얼굴이 발그레하게 물든 세룰리아가 물었다.

그날의 세룰리아는 어떤 여학교의 교복을 입고 있었다.

하지만 묘하게 핑크색 부분이 많은 게, 이런 걸 교복으로 지정한 학교는 없을 것 같다.

"응, 풋풋한 느낌이 드는 게…… 아주 좋아……."

나도 몸이 뜨거워지는 걸 의식했다.

세룰리아가 약간 불안해하는 표정인 것도, 여학생다운 분위기를 연출하기 위한 걸까.

"다행이네요. 이 옷은 노출이 너무 적어서, 조금 창피했

거든요…….”

풋풋한 분위기는 그것 때문이었냐!

역시 서큐버스의 가치관은 인간과 많이 다르네.

어지간한 인간들은 서큐버스의 평상복 쪽이 훨씬 부담되는 데 말이야.

“참고로 교복을 만드는 가게의 말에 의하면, 학교에서 들어오는 주문과 야한 가게에서 들어오는 주문이 거의 반반이라는 것 같아요.”

“교복 회사, 그래도 되는 거야……. 학교에서 화낼 텐데…….”

“회사 분 말에 의하면, 학교 쪽에는 야한 가게에도 납품한다는 얘기를 안 했다는 것 같아요. 그리고 실제로 존재하는 교복인지 아닌지도 확실하게 확인한 뒤에 납품한다고 했고요.”

그런 부분은 확실하게 처리하고 있구나.

하긴, 까딱 잘못하면 범죄가 될 수도 있으니까.

“그리고, 최근에는 교복 같은 의상을 입는 아이돌도 많아서, 그런 복장의 주문도 꽤 들어온다고 해요. 그밖에도 연극 의상 같은데 쓰는 교복도 실제로 있는 학교의 교복은 쓸 수 없으니까, 가공의 학교 교복을 제작한다고 하더라고요.”

“세룰리아 덕분에 교복 업계에 대해서 은근히 잘 알게 됐네…….”

이런 부분에서 보면, 세룰리아는 아주 성실한 아가씨다.

그건 그렇다 치고——

"그, 그럼, 간다, 세룰리아……."

"예, 주인님…… 아니, 선배……."

학교 선배라는 설정이냐!

이런 후배가 있으면 남자들은 절대로 공부에 집중하지 못할 거라고 생각하면서, 열심히 서큐버스적인 행위에 몰두했다.

역시 학창시절에 리얼충 같은 생활에서 멀리 떨어져 있었던 게 행복한 일이었는지도 모른다.

인간의 본능은 공부보다 연애를 선택할 게 분명하니까…….

"선배…… 장착하는 꼬리도 있는데, 다음에는 그것도 써봐도 될까요?"

아이템이 풍부해졌다…….

"그, 그래…… 세룰리아, 너무 무리하지는 말고……?"

"배리에이션을 늘리는 건 서큐버스에게 꼭 필요한 일이니까요. 열심히 정진해야 해요!"

서큐버스로 살아가는 길도 참 힘들구나.

◇

그런 식으로, 5월은 순식간에 지나갔다.

6월 중순, 나는 아침 일찍 일어나서 백마법을 연습하고 있었다.

"내가 사랑하는 모든 것을 수호하라—— 순결의 방패!"

내 앞에 반투명한 벽이 나타났다.

좋았어, 성공했다!

갑자기 적에게 공격당하더라도 이게 있으면 괜찮겠지.

흑마법은 몸을 지키는 마법이 얼마 없으니까.

전혀 없는 건 아니지만, 살을 내주고 뼈를 치는 쪽의 마법들이 많다.

"응, 그래. 좋네, 좋아. 한 단계 더 성장했어."

그날은 메어리도 일어나서 내 마법을 관찰하고 있었다.

"메어리는 더 자도 되는데?"

"안고 자던 게 갑자기 없어져서 잠이 깨버렸어."

어젯밤에는 메어리의 안는 베개 노릇을 했다. 반쯤 로테이션처럼 요구한다. 거절하면 메어리의 심기가 불편해지니까 주의해야 한다.

그리고 메어리가 날 끌어안아도 몸이 달아오르지 않고 잠들 수 있게 됐고. 내성이 생긴 것 같다. 메어리는 그건 그것대로 불만인 것 같지만.

"역시 백마법은 인간이 써야 제대로 되네. 오히려 프란츠가 흑마법을 그만큼 쓰는 게 기적 같은 일이야."

"그건 내 조상님한테 감사해야겠어."

조상님이 시스콤 흑마법사였던 핏줄 덕분에, 나는 인간치고는 흑마법을 잘 쓴다는 것 같다.

──그때, 이른 아침부터 길을 걸어가는 사람의 모습이 보였다.

벌써 출근하나. 교외에 살면 참 힘들지. 나도 교외에 살고 있지만, 회사도 교외에 있어서 그렇게까지 힘들지는 않았다. 아니면 아침 동아리 활동 때문에 일찍 나가는 건가.

그런데, 어디서 많이 본 사람 같았다.

"어…… 크루냐 씨……?"

의문형으로 끝난 건, 분위기가 예전과 비교해서 너무 달라졌기 때문이다.

복장도 회사에 살 때와 다른 정장 비슷한 옷이고, 그리고──

"아, 오랜만이야. 여기 사는구나. 우연이네~. 지금 출근하는 중이야."

──얼굴이 완전히 피로에 찌들어 있었다.

크루냐 씨는 전에도 아르바이트를 하다가 힘든 일을 겪었던 적이 있었다.

그런 때 이런 표정이었다는 기분이 든다. 얼굴 전체는 웃고 있지만 눈은 하나도 안 웃는.

이상한 표현일 수도 있겠지만, 영혼이 피폐해져 있다고나 할까…….

"저기 말이야, 일, 많이 힘들어?"

메어리가 노골적으로 물었다.

"음~ 그럭저럭 힘들다고 해야겠지. 하지만 보람이 있으니까 괜찮아."

그렇게밖에 대답할 수 없으리라는 건 예상하고 있었다.

"그럼 둘 다 나중에 또 봐. 세룰리아한테도 안부 전해주고."

"예, 다녀오세요, 크루냐 씨."

나도 뭔가 불안한 기분이 들었다.

"이대로, 아무 일도 없으면 좋겠는데."

"글쎄. 너무 낙관적으로 생각하기는 힘들지만, 다른 회사 일이니까 내가 움직이기도 애매하네."

솔직히 말해서, 그게 문제였다.

아직 우리가 움직이기에는 정보가 너무 부족했다.

메어리가 말했던 30%의 불안이 제대로 적중해버린 걸까?

그 뒤로 크루냐 씨와 만나는 일도 없이, 자세한 일은 모르는 채로 시간이 흘러가 버렸다.

◇

그리고 7월 초.

이상한 사태가 일어났다.

우리가 출근했더니 홀쭉해진 얼굴의 크루냐 씨가 네크로그란트 흑마법사에 있었다.

빈 책상 앞에, 힘없이 앉은 채로.

그 옆에, 사장님과 게르게르가 간병이라도 해주는 것처럼 붙어 있었다.

"크루냐 씨, 혹시 어디 아픈가요……?"

안색을 보니 아무리 봐도 멀쩡한 것 같지는 않았다. 무엇보다 크루냐 씨가 『애머시스트 인쇄』에 출근했다면, 이 시간에 여기 있을 리가 없고.

"아니, 어디 아픈 건 아니고…….”

"예, 아픈 것 맞아요."

크루냐의 말을, 사장님이 진지한 얼굴로 취소해버렸다.

"사장님이 나중에 잘 아는 의사한테 데려갈 거다 멍. 그동안에는 게르게르가 사장 대행을 맡는다 멍."

게르게르는 사장 대행까지도 하는구나…….

"일단 뭐든지 좀 드세요. 국물은 마실 수 있죠? 수분을 섭취하는 게 좋아요."

"죄송해요, 사장님……. 이틀 전부터 아무것도 못 먹어서…….”

그랬으면 당연히 체력이 떨어지지.

"아…… 그런데 왜 이틀이나 아무것도 못 드셨죠? 식욕이 전혀 없으면, 그 시점에서 병원에 가셨어야죠."

세룰리아가 크루냐 씨의 등을 부드럽게 쓰다듬었다. 세룰리아는 동성에게도 상냥했다.

"그건…… 방에서 나갈 수가 없어서…….”

크루냐 씨가 쥐어짜는 것처럼 말했다.

"예?! 방문 자물쇠가 망가져서 갇혀 있었나요? 발견해서 다행이네요."

"세룰리아, 그런 일이 아닌 것 같아."

메어리가 손을 살짝 저어서 아니라는 뜻을 보였다.

나도 어떻게 된 일인지 대충 알 것 같았다.

크루냐 씨가 아픈 게 아니라고 말하고, 사장님이 아픈 거라고 딱 잘라서 말한 걸 보면 추측할 수 있다.

"그럼, 뭐가 원인인가요……?"

"사장님. 크루냐 씨 잘 부탁드릴게요. 세룰리아, 가자."

세룰리아의 손을 잡아끌었다.

아마 크루냐 씨 본인이 직접 말하고 싶지는 않겠지.

방에서 나왔을 때, 세룰리아가 걱정하는 얼굴로 물었다.

"제가 무슨 실례되는 말이라도 했나요……?"

세룰리아는 아마도 유복한 환경에서 자랐을 테니까, 저런 경험이 없겠지. 그건 그것대로 생복한 일이지만.

"지금 시점에서는 확실한 증거가 없으니까, 이따가 사장님을 만나서 이야기를 들어보자. 최소한 지금 크루냐 씨한테 말하라고 할 일은 아니야. 이유가 어쨌거나 부담을 주게 되니까. 그러다가 더 악화될 수도 있어."

"그렇군요……. 죄송해요……. 제가, 미처 생각하지 못했습니다."

"아냐, 세룰리아한테 나쁜 뜻이 없다는 건 다들 알고 있어."

그건 주인으로서 확실하게 장담할 수 있다.

"프란츠, 아까는 꽤나 파인 플레이였어. 잘하던데."

메어리가 칭찬해줬다.

"학생 시절에, 배웠거든."

"마법 학교에서 마법 말고 다른 것도 배우는구나."

"그냥 도입 부분 정도지만. 그리고 인간의 정신 상태는 마법에도 영향을 미치니까, 마법과 전혀 관계가 없다고 할 수도 없거든. 수업을 들어두길 잘했네."

하지만 아직은 추측하는 단계다. 나중에 사장님한테 자세히 물어보자.

근무 시간이 끝나고, 우리는 사장실에 들어갔다.

"크루냐 씨는, 소위 말하는 우울증이었어요."

사장님은 테이블 위에서 손을 맞잡고, 진지한 눈으로 말했다.

역시 그랬구나.

틀렸으면 싶었는데, 맞아버렸네.

"오늘 크루냐 씨 방에서 이상한 소리가 난다는 걸 알아차리고, 제가 문을 열었어요. 이야기를 들어보니 이틀 전 아침에 출근하려고 했더니 어째선지 문을 열 수 없게 돼버렸다던가요."

갑자기 방에서 나올 수 없게 돼버린다.

일하는 사람에게 발생하는 증상 중에는 비교적 흔한 편이다.

"원인은 일이 너무 힘들기 때문인가요?"

"그것도 있고, 환경도 문제였어요. 상사가 고함을 많이 지른다는 것 같더군요. 그것 때문에 정신적으로도 많이 힘든 것 같아요."

"이 몸의 우려가 적중했나. 이 몸도 이 예리한 감이 싫어진다."

메어리는 목 뒤에서 손을 깍지 끼고 서서 한숨을 쉬었다.

분명히, 이런 통찰력이 있으면 그렇게 기쁘기만 하지는 않겠네.

"업무에 의한 우울증은 갑자기 온다고 들었거든요. 출근해야 한다는 건 알고 있는데 어째서 문을 열 수 없고, 밖에 나갈 수 없는 식으로."

학교 수업에서도 그런 경우가 있다는 이야기는 들었는데, 정말로 그것에 가까운 사례였다.

"그래요. 그리고 5월부터 입사한 탓도 있으니 일을 제대로 배울 틈도 없이 여러 가지 일들을 시켰다는 것 같아요. 4월이 지나기도 전에 그만둔 신입사원의 빈 구멍을 메워야만 한다고."

"회사가 5월에 정사원을 고용한 이유가 그것 때문인가요……."

보나 마나 그 그만둔 사람한테도 심한 말을 하거나 일을 잔뜩 떠넘겼겠지. 그래서 4월이 지나가기도 전에 바로 퇴직했을 테고.

그걸 보충하기 위해서 크루냐 씨를 이용했다는 뜻이다.

처음에 그만둔 사원만 생각하면 회사 쪽에 문제가 있다고 딱 잘라서 말할 수도 없지만, 크루냐 씨의 저 모습까지 생각해보면 두 명 연속으로 같은 일이 발생했다. 회사 쪽에 문제가 있다고 생각해야겠지.

"크루냐 씨가 일하는 회사에는 이미 연락을 해뒀습니다. 산재로 인정되면 보고할 테니까, 그때까지는 연차로 처리해달라고 강하게 말해뒀고요. 최소한 당장 해고당하는 일은 없을 거예요."

세룰리아도 괴로워 보이는 표정을 짓고 있다. 세룰리아는 이런 악의를 접해본 일이 거의 없겠지.

"크루냐 씨는 좀 어떤가요."

"일단 식욕은 점점 돌아오고 있어요. 다행히 이 건물에는 저도 살고 있으니까, 당분간은 돌봐줄 수 있을 거예요. 밖에 나가야 하는 일이 생기면 스케줄을 조정하거나, 제가 나가 있는 동안에 게르게르한테 돌봐달라고 할까 해요."

결과론이기는 하지만, 크루냐 씨가 취업을 계기로 혼자 살기 시작하지 않아서 다행이다.

그랬다면 더 큰 일이 벌어졌을 위험도 있으니까.

사장님과 같은 건물에 살고 있는 동안에는 사장님이 돌봐줄 수 있다. 그것이 있고 없고의 차이는 정말 엄청나니까.

"아무래도 그 『애머시스트 인쇄』라는 회사, 직원들을 함부로 대하는 걸로 유명하다는 것 같아요. 의사 선생님이 그렇게 말씀하셨거든요. 당연히 구인 정보지에는 그런 내용이 실리지 않았고요."

"그런 비밀이 있었나……."

"밤늦게까지 야근하는 일도 흔하다는 것 같아서, 취직한 이후 제대로 쉰 날이 이틀밖에 안 된다는 것 같아요."

정사원으로 취직은 했지만 노동 환경이 너무 끔찍해서 또 좌절하게 되다니, 크루냐 씨가 너무 불쌍하다.

"사람을 만나지도 못할 만큼 심한 상태는 아니니까, 여러분도 크루냐 씨를 보면 말을 걸어주세요. 당분간 혼자서 외출하는 건 힘들 것 같지만, 천천히 치료해 나갈 생각입니다."

케르케르 사장님이 인격자라서 정말 다행이다.

◇

그날, 나는 서고에서 산재에 관한 책을 빌려서 귀가했다.

상황이 상황이라서 그런지, 사장님도 반출은 안 되고 회사에서 읽으라는 말을 하지 않았다. 그 대신에 공부한 시간은 꼭 신고하라고 말씀하셨다.

그 책에는 업무에 의한 우울증 발생에 관한 내용이 상당한 페이지를 차지하고 있었다.

옆에 있던 세룰리아가 관심을 보여서, 해당하는 부분을 손가락을 가리켰다.

"이렇게 적혀 있네. 『전반적인 스트레스가 쌓이는 경우,

특히 장시간 근무나 회사 내부 분위기가 좋지 않은 경우에 발생하기 쉽다. 사례로서 퇴근하지 못하는 경우를 들 수 있다. 또한 최악의 경우에는 자살을 시도하게 된다』."

"세상에, 정말 큰일이 나네요……."

세룰리아도 상당히 충격을 받았다. 나도 마찬가지고.

솔직히 말해서, 지식으로서는 알고 있었지만 가까운 사람한테 이런 일이 일어나리라고는 생각도 못 했었다.

아무래도 네크로그란트 흑마법사는 아주 훌륭할 정도로 화이트한 기업이니까.

메어리도 차분해 보이기는 하지만, 속으로는 상당히 화가 나 있을 것이다.

내뿜는 공기를 보면 알 수 있다.

위대한 마족이 화가 났으니, 당연히 주위 공기가 달라질 만도 하겠지.

"인간은 말이야, 억지로 일을 시키면 엄청나게 스트레스를 받거든. 그리고 일이란 거의 하기 싫은 것들이잖아. 하면 할수록 재미있는 일은 극히 일부야. 그래서 장시간 노동을 당한 사람은 정도 차이가 있기는 해도 마음에 상처를 입는 거지."

"메어리, 이런 것 정말 잘 아네."

"이 몸도 괜히 오래 산 게 아니라고. 경험은 없지만, 크루냐라는 애를 보고 위험하다고 생각했거든. 하지만 그 아이가 이렇게 금세 움직이지 못하게 된 게 불행 중 다행일지도."

세룰리아는 메어리의 말을 잘 이해하지 못한 것 같지만, 나는 대충 눈치를 챘다.

"이런 경우에는, 인내심이 강한 사람일수록 악화된다고 할까…… 갑자기 쓰러지거나 죽어버리기도 한다니까……. 물을 담아둔 둑이 아슬아슬한 데까지 버티다가 터지면 피해가 더 큰 것과 마찬가지겠지……."

"그런 얘기야. 그 아이는 젊으니까 새 출발은 할 수 있어. 살아 있는 것만 해도 다행이지."

물론 나도 메어리도 납득한 건 아니다. 크루냐 씨를 이렇게까지 만든 회사에도 하고 싶은 말이 있다. 그래도 최악의 사태는 벌어지지 않았다고 안심하고 있다.

"세룰리아, 나중에 같이 컵케이크 만들지 않을래? 내일 크루냐 씨한테 가져다줄까 하는데."

"그거 좋네요! 저, 열심히 도와드릴게요!"

컵케이크는 의외로 잘 만들어졌다.

내 실력이 아니라 세룰리아가 도와준 덕분이지만.

다음 날 아침, 나는 어떤 난이도가 높은 백마법 연습에 도전했다.

어려운 마법인 만큼 성공하지는 못했다……. 나한테 흑마법 재능이 있는 것 같기는 하지만, 백마법은 아니다. 꾸준히 노력하는 수밖에 없다.

마법의 이름은 「천사의 응원 나팔」.

기분을 고양시키고 긍정적으로 만들어주는 마법이다.

뭐, 어차피 마법으로 근본적인 문제는 해결할 수 없지만.

회사에 출근해서, 나는 세룰리아, 메어리와 함께 크루냐 씨의 방을 찾아갔다.

"아, 다들 와줬구나……."

크루냐 씨는 잠옷 차림이었다.

피부가 유난히 하얀 걸 보면, 거의 외출도 못 한 것 같다.

"컵케이크를 만들어왔는데 말이야, 같이 먹을래?"

"응…… 신경 쓰게 해서, 미안해……."

식욕은 회복됐는지, 크루냐 씨는 컵케이크를 세 개나 먹었다. 일단은 안심이다.

"지금 말이야, 케르케르 사장님이 이리저리 돌아다니고. 꼭 내 분신이라도 된 것처럼 여기저기 돌아다니면서 대처할 방법을 물어보고 있다는 것 같아……."

"케르케르 사장님은 그런 사람이니까. 하지 말라고 해도 하실 거야. 아무도 막을 수 없어."

"그럴지도 모르겠네."

크루냐 씨가 웃었다. 힘은 없지만, 웃을 정도는 기력을 되찾았다.

"아직, 외출할 용기는 없어. 혼자서는 너무 힘들고, 사장님이랑 같이 나가도 일했던 회사 근처에 가면 몸이 안 좋아지거든……."

"회사에 복귀하는 건 무리겠네. 그렇게 끔찍한 회사에 굳이 돌아갈 이유도 없겠지만."

"응, 그만둘 생각이야……. 하지만, 이렇게 되면 자진 퇴사가 되려나……."

아니, 이런 건 자진 퇴사도 아니고 무단결근도 아닐 것 같은데, 정말 어떻게 되는 걸까. 나도 법률 전문가가 아니다 보니 잘 모르겠다.

"또 다 같이 올게요. 부디 힘내세요. 이 회사 사람들은 모두 크루냐 씨 편이니까요."

우리는 복잡한 심정을 가슴에 품고 방에서 나왔다.

그랬더니 케르케르 사장님이 계셨다.

"여러분, 오셨군요."

"저기, 사장님…… 그 차림은 대체 뭐죠?"

이건 누군가가 한마디 해야 할 일이다.

사장님의 어깨에는「필승」이라고 적힌 어깨띠가 걸려 있다!

"저는 법정에서 싸울 생각입니다!"

꼬리가 엄청나게 움직이는 걸 보면, 상당히 뜨겁게 달아오른 상태인 것 같다.

이건 틀림없이 할 생각이겠지…….

"고소하겠어요! 그리고 이깁니다!"

우리는 사장님에게 어떻게 된 경위인지 물었다.

그쪽 회사 인사부에서 연차도 다 썼으니까 자진 퇴사해달라고 말했다고 한다.

참고로 크루냐 씨의 몸 상태를 고려해서, 사장님이 허락을 받고 『애머시스트 인쇄』에서 크루냐 씨에게 보내는 서류를 확인하고 있다.

당연히 사장님은 이런 조치는 납득할 수 없다. 그녀가 사회에 복귀하려면 시간이 오래 걸릴 테니, 산재처리와 위자료를 지불하라고 말했다.

그쪽 회사에 가서, 이런 건 이상하다고 직접 담판을 지은 것 같다.

상대 회사도 흑마법 회사 사장이 찾아온 걸 보고 깜짝 놀랐겠지.

"하지만, 그쪽이 그렇게 쉽사리 잘못을 인정할 리가 없겠지."

메어리도 그런 부분은 냉정하다고 할까, 현실주의자다.

"예. 그래서 이젠 법정에서 싸우는 수밖에 없다는 결론을 내렸어요. 여기서 확실하게 산재로 처리하지 않으면 그 회사에서 같은 피해를 입는 분들이 계속 나올 테니까, 절대로 양보할 수 없어요! 좋은 변호사도 고용할 겁니다!"

이젠 흑마법은 아무 상관도 없네.

재판에서 유리해지는 마법이 있다고 해도, 그것도 문제가 될 것 같으니까 말이야…….

"분명히 『애머시스트 인쇄』의 이직률은 이상할 정도로 높아요. 직장 내 괴롭힘이나 성희롱이 상습적으로 벌어지고 있다고 생각됩니다. 울면서 잠드는 사람들도 잔뜩 있겠죠.

이대로 둬서는 안 돼요! 결판을 짓겠습니다!"

사장님이 엄청나게 화가 났다.

모습도 사람에서 개로 변해버린 것 같고.

열심히 움직이는 꼬리가, 이제는 이상한 악마처럼 보인다.

"그렇군요……. 그럼 할 수 있는 데까지 해주세요. 이젠 저희가 어떻게 할 수 있는 범위를 넘었으니까요……."

"프란츠 공, 결코 그렇지 않다."

뒤쪽에서 힘찬 목소리가 들려왔다.

나를 프란츠 공이라고 부르는 사람은 한 사람밖에 없다.

"레다 선배!"

그때의 레다 선배는 대외적인 얼굴인 라이터의 모습이었다. 딱 본 순간, 의적이라는 걸 알아볼 수 있는 차림새는 없다고 해야겠지만…….

"이야기는 다 들었다. 본인도 돕도록 하겠다! 악은 베어버린다!"

"저기……『애머시스트 인쇄』의 사원을 죽이지는 말아 주세요……. 피비린내 나는 방법은 안 쓰는 쪽으로 부탁드려도 되겠죠……?"

하긴, 우리 회사 전력으로 리얼 파이트를 벌이면 압승하겠지.

마법 업계라면 몰라도 인쇄 회사가 리얼 파이트로 결판을 내자는 소리를 할 리가 없으니까, 일단 그런 선택지는 존재하지 않는다.

"알고 있다."

레다 선배가 펜을 한 자루 꺼냈다.

"경우에 따라서는 펜이 칼보다 강하다."

경우에 따라서인가.

"프란츠 공 일행, 본인을 도와줬으면 한다. 이 기업의 발칙한 악행을 절대로 용서할 수 없다!"

◇

우리는 시간이 날 때마다 레다 선배를 돕기로 했다.

결론부터 말하자면 피비린내 나는 일은 없었다. 정말 다행이다.

나는 레다 선배와 함께, 밤에 왕도 뒷골목에서 감시했다.

상당히 오랫동안 서 있었는데, 겨울이었다면 감기에 걸렸겠지.

"그 회사의 상황은 알고 있다. 본인은 라이터이기에 인쇄회사에 관한 이야기는 비교적 많이 듣게 된다."

그렇구나, 레다 선배하고는 가까운 업계구나.

"사내에 신입사원을 괴롭히는 풍토가 자리 잡고 있다. 특히 현장 책임자가 신입사원에게 온갖 욕설을 퍼붓고, 그 공격에 가담하는 자들도 몇 명인가 있다. 불만을 품은 자는 있어도, 내부 고발을 했다가 들키기라도 하면 자기가 피해를 입게 될 테니 가만히 입 다물고 있는 수밖에 없다."

"레다 선배, 정말 많이 조사하셨네요……."

"『애머시스트 인쇄』의 검은 소문은 출판업계에서도 그럭 저럭 유명하다. 거래처 출판사에게는 좋은 회사겠지만."

지금은 의적이 아니라, 어디까지나 라이터라고 보는 게 좋겠지.

"그런데 여기서 기다리는 사람은 전직 『애머시스트 인쇄』 사원인가요? 그만둔 사람이라면 얼마든지 얘기해주겠죠."

레다 선배는 독불장군 같은 타입인 것도 있어서, 사전에 정보를 가르쳐주는 경우가 거의 없다.

비밀주의가 아니라, 그냥 깜박하고 말을 안 했을 가능성 도 있고.

"아니, 그쪽 정보는 이미 전부 수집했다. 지금부터 본인 들이 돌격할 상대는 『애머시스트 인쇄』의 현직 사원이다."

"어……. 그러면 입막음을 했을 텐데요……. 사원이 내부 고발했다는 사실이 들키는 걸 두려워한다고, 좀 전에 선배 가 말했잖아요……."

게다가 어떤 잡지에 실린다고 하면, 절대로 말할 리가 없 을 테고.

"알고 있다. 그래서 본인도 선물 정도는 가지고 왔다."

선물? 설마 케이크를 주려는 건 아닐 테니까, 무슨 은어 려나.

"그러니까, 프란츠 공은 인정에 호소해줬으면 싶다. 크루 냐라는 사람이 괴로워하고 있다, 그 사람을 위해서 싸우고 싶다── 그 마음을 터트려주게. 그 사람과 거의 면식이 없는 본인은 할 수 없는 일이다."

"알겠습니다. 그거라면 저라도 할 수 있겠네요."

흑마법은 안 쓰겠지만, 우리가 하고 있는 일은 역시나 흑마법적인 일이다.

바깥쪽이 아니라 뒤쪽에서 일을 해결하려고 한다. 사회의 뒤쪽에서 해결하려는 건 아니지만, 뭐, 정문이 아니라 뒷문에서 공격하는 감각이기는 하니까.

마침내, 완전히 지친 얼굴의 젊은이가 걸어왔다.

"저 사람이 사원이다. 프란츠 공, 부탁한다!"

탁, 레다 선배가 내 등을 떠밀었다!

나는 어이쿠, 하면서 사원 앞에 등장했다.

좀 바보 같았으려나……. 하지만, 이렇게 마주쳤으니까 나도 결심을 하자!

"혹시 『애머시스트 인쇄』 쪽 직원분이신가요? 잠깐 이야기 좀 나눌 수 있을까요?"

아무 말도 안 하고 있으면 되레 수상하게 여길 것 같아서, 먼저 용건만 간단히 말했다.

하지만 상대는 여전히 수상하게 여기는 얼굴이다.

"아, 회사 문제를 폭로하려는 기자 같은 사람인가. 난 아무 말도 안 할 거야. 예전에도 인터뷰에 대답했던 사람이 지독하게 괴롭힘당한 끝에 퇴직하는 꼴을 당했었다고……."

거기까지만 말하고, 그 사람은 우리 옆을 지나가려고 했다.

붙잡히면 귀찮아진다는 걸 알고 있겠지.

이 반응을 보면, 전에도 우리 같은 행동을 한 사람이 있었다는 뜻이네.

하지만 평판이 나쁜 회사라는 건, 이 사원의 반응을 보고도 알 수 있다.

아직 물러날 수는 없다.

"크루냐라는 신입사원을 아시죠?"

내가 그 이름을 말하자, 그 사람이 발을 딱 멈췄다.

"저는 그 사람 친구입니다. 크루냐 씨는 지금까지도 혼자서 외출도 못 해요. 제발 무슨 일이 있었는지 말씀해 주실 수 있을까요?"

"불쌍하다고 생각했어."

그 사원이 천천히 내 쪽으로 고개를 돌리고 말하기 시작했다.

"솔직히 말이야, 그전에 있던 사람도 한 달을 못 버텼어. 그런데도 똑같은 방법으로 몰아붙이면 해결될 리가 없잖아. 근성이 부족하네 어쩌네 하는 차원의 문제가 아니라고."

그 사원은 서두르는 건지, 빠르게 말했다.

"하지만 말이야, 그렇다고 뭘 할 수 있겠어? 위쪽이 변하지 않으면 소용없는 짓이라고. 같은 회사라는 조작 안에서 거역해봤자 승산이 없는데. 불만이 있으면 네가 그만두라는 소리나 하고. 그렇다고 새로 들어갈 회사가 기다리고 있는 것도 아니잖아."

그건 맞는 말이다.

내부에서의 변혁은 밖에서 억지로 바꾸는 것보다 훨씬 어렵다. 말도 안 될 정도로 어렵다. 나도 힘든 일이라는 정도는 알고 있다.

그렇다고, 이대로 둬도 되는 걸까……?

"제발 부탁입니다! 증언이 많이 필요합니다. 제발 좀 도와주세요!"

고개를 숙이고 부탁했다.

숙련된 흑마법사라면 상대에게 주박을 건다든지 하려나.

아니면 자마법 사용자를 데리고 와서 정신을 지배한다든지.

하지만, 나는 그런 방법을 사용하지 않는다.

그저 고개 숙이고 부탁할 뿐이다.

"부탁드립니다! 제발!"

최소한 사원은 무시하고 가버리려 하지 않았다.

그 자리에 머물러 있다.

"마음은 이해해. 하지만 할 수 있는 게 없다고. 그 회사는 또 다음 제물을 찾아낼 뿐이야. 그런 시스템이 돼버렸으니까. 일단 그런 시스템이 돼버리면, 그 누구도 거스를 수가 없다고……."

사람들이 모여서 만들어진 것이 회사인데——

회사가 사람을 잡아먹는다.

어째서 이런 모순된 비극이 벌어지는 걸까.

"당신의 용기로 뭔가가 달라질지도 모릅니다! 제발 도와주세요!"

늘어져 있는 어깨에 툭, 하고 손을 얹었다.

"나 한 사람 용기로 뭐가 달라지겠어. 회사란 그런 거야."

틀렸나.

이 사람도 이상하다는 건 알고 있다.

하지만 바꿀 수 없다. 혼자서는 시스템을 바꿀 수 없으니까.

"걱정하지 않아도 된다. 하나의 용기에만 의지할 생각은 없다!"

슝, 하고 바람이 불었다.

레다 선배가 나와 사원 사이에 끼어들었다.

"본인, 라이터 레다라고 한다."

사원도 깜짝 놀랐다. 이상한 사람이 튀어나온 것처럼 보였을 테니까…….

"그냥 해달라는 말은 아니다. 선물이 있다. 또한 그 선물이란——."

레다 선배의 말에 사원이 군침을 삼키는 게 느껴졌다.

"그게 정말…… 이지……?"

"의심한다면 직접 가서 레다라는 이름을 말해보도록 해라. 같은 회사 안에서 이길 수 없다면 밖에서 싸우면 그만. 이것은 병법의 상식이다."

병법의 상식인지는 모르겠지만——

"알았어. 당신이 하는 말이 옳다는 걸 알았으니까, 말해줄게."

정보 제공자를 한 명 찾았다.

레다 선배가 내 쪽을 향해 손을 들었다. 설마 때리려는 건 아닐 테고, 뭐지?

"잘했다, 프란츠 공!"

아, 뭔지 알겠다.

"예, 해냈네요!"

나는 레다 선배와 하이파이브를 했다.

메마른 소리가 밤공기를 가르며 울렸다.

그 뒤로도 나는 레다 선배를 도왔다.

상상 이상의 성과를 얻었다. 몇 명이나 도와준다고 말했다.

굳이 말할 필요도 없이, 내 마음이 통했다는 단순한 이유가 아니다.

레다 선배가 먼저 손을 써뒀던 책략이 크게 먹혔기 때문이다.

"음, 이만큼 정보가 모였다면 좋은 기사를 쓸 수 있겠지. 안심하게나."

고풍적인 표현으로, 레다 선배가 틀림없이 잘 될 거라고 보장했다.

◇

그리고 케르케르 사장님도 본격적으로 시동을 걸었다.

정말로 소송을 걸어버린 것이다.

나도 재판에 따라가기로 했다.

법원에 가는 건 태어나서 처음이다. 이쪽이 소송을 건 쪽인데, 왠지 나쁜 짓을 한 것 같은 기분이 든다…….

이거, 아무것도 켕기는 짓을 한 게 없어도 순찰 중인 경찰을 보면 걸음이 빨라진다든지 눈을 돌리게 되는, 그런 것과 마찬가지겠지.

참고로 크루냐 씨 본인은 없다. 적어도 법정에는 얼굴을 비치지 않는다.

『애머시스트 인쇄』쪽 사람과 얼굴을 마주치면 또 악화될 테니까.

먼저 케르케르 사장님이 고용한 변호사가 회사를 몰아붙였다. 크루냐 씨가 회사에 나가지 못하고 그만두게 된 것은 노동 환경 문제 때문이니 산재에 해당한다고 주장했다.

다음으로 케르케르 사장님도 입을 열었다.

"『애머시스트 인쇄』에서는 일상적으로 상사가 사원에게 고함과 욕설을 퍼부었습니다. 그 결과로 다수의 사원이 퇴직에 몰리거나 몸이 좋지 않아져서 장기 휴양을 갖게 되는 사태가 벌어졌고. 그것을 알면서도 아무런 대책도 마련하지 않았고, 게다가 크루냐 씨도 자진 퇴사로 처리해서 넘어가려고 했습니다. 절대로 용서할 수 없는 일입니다!"

온후한 사장님이지만, 지금은 웃음기를 전혀 찾아볼 수가 없다.

물론 회사 측이 "예, 그렇습니다"라고 순순히 인정할 리가 없다.

상대 쪽 회사 사람과 변호사는 노동 관리에 문제가 없었다고 싸울 태세를 보였다.

나도 사장님과 낯가죽이 두꺼운 상대 회사 쪽의 싸움을 자리에 앉아서 지켜봤다.

"승부라는 건, 승부가 시작되기 전부터 결판이 나 있는 거나 마찬가지인데 말이야."

옆자리에 있던 메어리가 말했다.

메어리도 뒤쪽에서 무슨 일이 있었는지 알고 있다.

"그렇겠지. 레다 선배가 잘 처리해 주셨으니까."

먼저 회사의 잘못을 사회적으로 확실하게 인식시킨다.

첫날에는 서로의 의견을 말하는 것으로 끝났다. 재판으로 결판을 내려면 시간이 걸린다.

싸움은 법정 밖에서도 벌어지고 있다.

네크로그란트 흑마법사를 화나게 하면 그냥 넘어갈 수는 없으니까.

내가 법원에 다녀온 다음 날.

잡지에 이런 기사가 실렸다.

「『애머시스트 인쇄』에서 대체 무슨 일이? 신입사원 연속 퇴직의 진상」

물론 레다 선배가 쓴 기사다. 『애머시스트 인쇄』에서는 다수의 사원이 끔찍한 환경에서 괴로워하고 있다는 내용이다.

거기서 끝난다면 흔히 있는 잡지 기사 중에 하나로서 사람들의 기억에서도 금세 사라져버렸을 것이다.

하지만 스무 명이나 되는 사원들이 실명을 공개하고 내부 사정을 말하는 기사라면 이야기가 또 달라진다.

• 회사는 친족 경영이고, 지금의 무능한 공장장으로 바뀐 이후로 이직자가 급증했습니다. 하지만 회사는 거기에 대해 책임을 지려고 하지 않았습니다.

• 정보가 밖으로 드러나지는 않았습니다만, 5년 전부터 입사한 지 반년이 안 된 신입사원들의 이직률이 50%를 넘습니다. 이건 너무 높은 수치입니다.

· 신입사원이 바로 그만두면 급하게 중도 채용자로 충당하는 응급처치만 반복하는 동안에 상처가 더 악화됐다는 느낌입니다. 사내의 분위기는 최악입니다.

그런 내용이 줄줄이 적혀 있다.

잡지 쪽에도 위험부담은 있다. 만약 이 내용이 사실무근이라면 회사 쪽이 소송을 제기할 수도 있다.

그것이 발표됐다는 건, 내용이 옳다는 자신이 있다는 뜻이다.

잡지의 다른 기사와 비교해 봐도 차원이 다른 열기가 담겨 있었다.

그 기사는 입소문을 타고 화제가 됐고, 잡지도 상당히 팔려나갔다는 것 같다. 실명을 공개한 사람이 그렇게 많다는 시점에서 이미 임팩트가 생긴 것이다. 이렇게 많은 사원이 이 회사는 이상하다는 말을 하면서 우울증에 걸린 사원의 편을 들어주는 건 전대미문이겠지.

이건 단순한 일개 사원이 우울증에 걸린 수준의 문제가 아니다.

한 회사의 심각한 내부 싸움이라고 받아들여지고 있다.

다른 잡지나 신문들도 이걸 물고 늘어지면서 여러 번 기사를 냈다. 이런 건 먼저 터트린 사람의 뒤를 따라가는 분위기가 되는 법이고, 그 과정에서 더 자극적인 사실이 드러나는 법이다. 말해도 되는 분위기라는 걸 알았으니 입을 여는 사람도 더 늘어나고.

회사에 갔더니 테이블 위에 『애머시스트 인쇄』에 대한 기사가 적힌 신문이 놓여 있었다. 사장님이 사 오셨겠지.

"월척이다, 월척. 어느 잡지고 신문이고 전부 『애머시스트 인쇄』 얘기네."

메어리가 신문을 보면서 슬쩍 웃고 있다.

"그러게. 두드리면 뭔가가 나오는 회사였다는 뜻이겠지."

"그런데, 앞으로 이 회사가 어떻게 움직일지를 모르겠네요. 사원들을 대량으로 해고하려나요? 하지만, 그러기엔 숫자가 너무 많고."

세룰리아도 다른 잡지를 손에 들고, 그 내용을 꼼꼼하게 읽고 있다.

"그러게 말이야. 뭐, 만약 대량 해고라도 저지르게 되면 신문들이 더 물고 늘어질 테고, 그렇다고 문제가 있었던 사람을 처분하지 않고 그냥 두기도 힘들 테니까. 어느 쪽이건 큰 사달이 나겠지."

"정말이지, 레다라는 사람은 행동력이 있다니까. 이 몸도 인정하기로 했다."

그렇다, 레다 선배가 제시한 선물은—— 같은 업종 회사로 이직시켜주겠다는 이야기였다.

내부 고발을 했다는 이유로 그 회사에 다니지 못하게 되더라도, 다른 회사가 고용해준다고 하면 위험부담이 크게 줄어든다. 큰마음 먹고 말할 수도 있을 정도로.

"레다 선배는 유난히 연줄이 많은 것 같더라고. 평범한 의적이 아니야. 자세한 얘기는 안 해주지만."

평범한 의적이 아니라는 말도 이상한 표현이네. 의적이라는 시점에서 이미 특별하니까…….

받아주겠다고 말해준 회사도 선의에 의한 게 아니라, 라이벌인『애머시스트 인쇄』에 타격을 줄 수 있다고 생각했다든지, 기술력이 있다고 소문이 난 사원이니까 채용하겠다고 생각했다든지 여러 꿍꿍이가 있겠지만, 일단 우리한테 이익이 되면 그만이다.

"이 잡지에 실려 있네요. 업계 내에서도 언젠가 그 회사가 내부 문제로 무너질 거라는 소문이 돌고 있었다는 것 같아요. 그래서 다른 회사도 관대하게 사람들을 받아들이려고 하는 거겠죠."

같은 업계에서 문제가 알려지지 않았을 리가 없으니까.

노동 조건이 그만큼 가혹하다면, 실적도 그다지 좋지 않았겠지.

이 문제가 드러나지 않아도, 조만간 경영이 기울었을 것이다.

회사가 내부에 있는 사람을 파괴하는 움직임을 보이기 시작하면, 그 회사는 이미 글렀다고 생각한다.

사람을 잡아먹기 위해서 존재하는 회사는 사회악이니까. 어느 시점에선가 도태되고 만다. 애당초 사람이 없으면 존재할 수 없는 회사에서 사람이 떠나면 회사를 유지할 수 없다. 그것은 완만한 사회적 자살이다.

그때 사장님과 레다 선배가 왔다. 사장님은 꼬리를 유난히 열심히 흔들면서.

"해냈어요! 해냈다고요!"

왠지 산책에 데리고 나간다고 해준 강아지처럼 신이 났는데…….

"무슨 일이세요, 사장님?"

"『애머시스트 인쇄』가 산재를 인정하고 위자료도 지불하겠다고 했어요! 재판은 저희가 이겼어요!"

"좋았어!"

나도 모르게 승리 포즈를 했다.

『애머시스트 인쇄』는 오히려 지금부터 회사 내부에 대한 대응 때문에 고심하겠지만, 우리 쪽은 재판에 승소하면서 일단락이 됐다.

"악이 번영하는 때도 있겠지. 하지만 오래 가지는 않는다. 이는 세상의 섭리다. 제행무상, 성자필쇠……."

레다 선배가 고풍적인 표현으로 마무리를 지었다.

사실 어디까지나 재판이 끝났을 뿐이라는 걸, 나는 잘 알고 있다.

재판은 회사 쪽의 책임을 확인하는 기회에 불과하다.

상처받은 사람의 마음이 회복되지 않으면 끝나지 않으니까, 진정한 해결책은 아니다.

크루냐 씨가 완전히 사회에 복귀하려면 아직 시간이 더 필요하다.

네크로그란트 흑마법사 안에서 사는 건 문제가 없겠지만, 외출은 힘들다.

그 백마법 연습, 조금 더 해야겠네.

백마법 「천사의 응원 나팔」.

이걸 익혀서, 크루냐 씨를 도와주고 싶다.

「인생에 여유는 중요합니다」

프란츠만의 마법

다음 쉬는 날, 나는 회사에 갔다.

휴일 출근하러 온 게 아니다. 크루냐 씨의 상태를 보러 온 것이다.

크루냐 씨는 사장님과 둘이서 사내의 휴식 공간에서 빵을 먹고 있었다.

"아, 프, 프라…… 아, 안녕……."

이런 타이밍에서 아는 사람을 만날 줄은 몰랐는지, 크루냐 씨가 약간 당혹스러워하면서 고개를 돌렸다.

"으아…… 입을 엄청 벌리고 있는 데 오면 어떻게 해……."

"아, 미안해. 그래도 힘이 난 것 같아서 다행이네."

"후후후, 크루냐 씨는 말이죠, 빵은 두툼한 게 좋다고 해요~."

케르케르 사장님이 크루냐 씨의 머리를 쓰다듬어줬다.

이렇게 크루냐 씨랑 둘이서 앉아 있으니까 꼭 엄마 같다는 느낌이 든다.

"그만 하세요, 사장님. 저도 다 큰 어른이거든요. 벌써 열아홉 살이에요."

"5세기를 살아온 제 입장에서 보면, 열아홉 살 정도는 어린애거든요."

그건 정말이다…… 5세기를 살아온 인간은 없으니까…….

"크루냐 씨, 기왕에 이렇게 됐으니까, 식사가 끝난 뒤에 프란츠 씨랑 같이 외출하는 건 어때요?"

미리 입을 맞춘 건도 아닌데 사장님이 그렇게 말씀해 주셨다.

"그렇군요. 크루냐 씨, 오늘 날씨도 좋으니까 왕도에 가서 쇼핑이라도 할래?"

크루냐 씨는 잠깐 망설이는 것 같더니,

"응. 나가 볼까."

그렇게 말하고 고개를 끄덕였다.

교외의 길을 걸어가는 중에, 크루냐 씨한테 딱히 이상한 점은 보이지 않았다.

자기가 먼저 『애머시스트 인쇄』 얘기를 할 정도였고.

"제가 들어간 회사는 말이죠, 겉으로는 실적이 좋은 것처럼 보이지만, 꽤 오래전부터 심각하게 안 좋았다는 것 같아요. 그리고 그걸 사원들의 노력으로 메우려고 하다가, 점점 이상해져 갔다는 것 같고."

"그런 것 같더라고."

레다 선배가 해준 얘기에 의하면, 자사의 힘만으로 재건하는 건 힘들 것 같아서, 다른 회사의 돈도 차입해서 크게 개혁하겠다는 것 같다. 사장도 바뀐다는 것 같고.

회사 상태가 좋아지면 사내 분위기도 저절로 좋아지는 법이니까. 신입사원들을 바로 제 몫을 할 정도로 단련시켜야만 꾸려나갈 정도로 절박한 상황에 몰려 있었다는 뜻이겠지.

근성론이라는 신앙에 매달리고 싶어질 만도 했던 것이다.

크루냐 씨도 상당히 회복된 것처럼 보였다. 안색도 나쁘지 않고.

하지만, 왕도의 변화가 가까이까지 왔을 때였다.

갑자기, 크루냐 씨가 몸을 웅크렸다.

"저기, 왜 그래? 괜찮아?"

나도 허리를 숙여서 눈높이를 맞췄다.

"미안해…… 그 회사 사람이 보고 있는 게 아닐까, 라는 생각을 했더니 또 무서워져서…… 다리가 떨려……. 여기는 회사에서 멀리 떨어졌는데 말이야…….."

역시 재판에서 잘못을 인정했다고 해도, 마음의 상처는 낫는 게 아니다.

이런 상처는 상당히 오랫동안 이 사람을 괴롭힌다.

나는 크루냐 씨의 손을 잡았다.

"가까운 데 있는 공원까지 갈까. 분수 있는 데."

"응…… 거기까지라면 갈 수 있을 것 같아."

작년에 늪에서 자살하려던 크루냐 씨를 구했던 건 바로 나다.

그렇기 때문에 그냥 둘 수 없다는 심정도 있다.

꼭, 크루냐 씨가 웃는 얼굴로 사회에 복귀해야만 제대로 도와주는 거라고 생각했다.

이러다가 살아봤자 역시 좋은 일 따윈 하나도 없다고 한다면, 내가 어떤 기분이 될지는 상상도 못 하겠다.

그래서 이렇게 크루냐 씨를 신경 써주는 것도 반쯤은 날 위해서 하는 짓이고, 그렇기 때문에 좀 더 해볼 생각이다.

공원은 왕도의 큰길과 비교하면 인구 밀도가 훨씬 낮아서, 크루냐 씨의 안색도 많이 좋아졌다.

크루냐 씨는 일단 벤치에 앉았다.

"정말 창피하네. 이러면 안 된다는 건 알고 있지만 말이야."

나는 조금 떨어진 곳에 서서 크루냐 씨와 마주봤다.

"지금부터 백마법을 시험해볼까 하거든. 이름은 『천사의 응원 나팔』. 크루냐 씨의 마음을 아주 조금이나마 긍정적으로 만들어줄 거야. 향 정신 마법이라고 하는 장르거든."

"어, 너, 흑마법사잖아. 아, 학교에서는 백마법을 배웠다고 했었지."

"학교에서 배울 수 있는 차원을 뛰어넘은 마법이지만."

지팡이로 신중하게 마법진을 그렸다.

어렵다는 건 알고 있다.

그래도, 아무것도 안 하는 것보다는 낫다

마법진은 다 그렸다. 영창도 틀리지 않았을 테고.

마지막으로 지팡이를 마법진 앞에 세웠다.

하지만, 아무 일도 일어나지 않았다.

마법 중에는 발동했는지 알아차리기 힘든 것도 있기는 한데, 이건 틀림없이 그냥 실패한 경우다.

"미안, 실패했나 봐."

"왜, 그쪽이 사과하는데. 그 마음만으로도 충분히 기뻐.

서큐버스 세룰리아네랑 동거하는 게 아니었다면, 사귀자고 하고 싶을 만큼."

내 앞에서는 크루냐 씨가 솔직하게 웃어줬다.

하지만, 아직 예전만큼의 패기는 없다.

갑자기 크루냐 씨가 일어나더니, 내 바로 앞에 와서 섰다.

얼굴이 너무 가까워서 반사적으로 몸을 뒤로 젖혔다.

"날 도와준 데 책임을 느끼고 있지?"

크루냐 씨는 웃으면서 내 코끝을 콕, 하고 찔렀다.

"······으, 응."

"그렇게 부담을 가지면 안 돼. 프란츠 씨도 마음이 튼튼한 편은 아니니까. 너무 무리하면 프란츠 씨 마음이 똑, 하고 부러질걸. 그러면 이번에는 내가 책임을 느끼게 되잖아. 너무 가까이 다가갔다가 둘 다 쓰러지는 일도 흔히 있다는 것 같거든?"

다 알고 있는.

나는 몇 걸음 물러나서 후, 하고 한숨을 쉬었다.

"알았어, 알았다고. 난 내가 알아서 적당히 할게. 그러니까 크루냐 씨도 책임은 느끼지 말고."

"응, 알았어. 나도 천천히 요양할게."

어째서 마음의 상처는 회복마법을 써서 바로 고칠 수 없는 걸까.

답답하기는 하지만, 조금만 더 크루냐 씨를 도와줘야겠다고 생각했다.

고도의 백마법을 쓸 수 있게 되면 나도 성장했다는 뜻이 되니까, Win-win 이잖아.

나는 천천히, 크루냐 씨의 하얀 손을 잡았다.

"자, 그만 돌아갈까."

"그래. 즐거운 데이트였어."

녹아버릴 것처럼 가느다란 손이었고, 이런 사람이 뛰어들기에는 사회의 대부분이 너무나 잔혹한지도 모른다는 생각이 들었다.

◇

나는 이른 아침의 백마법 연습을 계속 이어갔다.

꾸준히 하다보면 언젠가는 성과가 있을 것이다. 그렇게 믿고.

하지만, 그만한 성과가 없는 것도 사실이라서——

"아, 정말이지. 성공에 다가간다는 느낌이 전혀 없네."

땅바닥에는 수많은 마법진 자국만이 남아 있다.

하나같이 백마법 자국인 게, 도저히 흑마법 업계에서 일하는 사람 마당 같지가 않다니까.

그때, 갑자기 뒤쪽에서 몽실, 하고 따뜻한 뭔가가 날 끌어안았다.

"주인님, 너무 부담 갖지 마세요. 아침 훈련은 적당히 하세요."

세룰리아가 날 안아줬다.

달콤한 향기가 코를 간질인다.

"백마법이 마음대로 안 돼서 말이야. 학생 때로 돌아간 기분이야."

"주인님, 열심히 하시는 건 좋지만, 그러니까…… 백마법을 배우는 건 효율 면에서도 좋지 않아요. 백마법 중에는 흑마법을 익히면……."

"응, 습득하기 어려워지는 것도 있지. 나도 알아."

마법이라는 건 속성에 따라서 일종의 대립 관계가 있다.

특히 백마법과 흑마법, 적마법과 청마법은 상성이 나쁘다.

바니타자르는 흑마법과 자마법을 쓰는데, 그 두 종류는 상성이 좋은 편이니까 가능하다고 할 수 있겠지. 그래도 충분히 대단한 일이지만.

"미안, 세룰리아까지 걱정하게 만들었네."

내가 조급해하고 있다는 건 세룰리아와 메어리, 그리고 사장님까지 다들 알고 있겠지.

"크루냐 씨 일에서 주인님은 할 수 있는 일을 다 하셨어요. 마법으로도 할 수 있는 일과 못 하는 일이 있으니까……."

세룰리아가 나를 달래주는 말을 들으니 가슴이 아프다.

언젠가 발을 **빼야** 한다는 생각은 하고 있다.

하지만, 그때가 언제인지를 모르겠다.

"크루냐 씨가 외출도 못 하게 된 원인이 열심히 일하기 위해서 면접을 보고 정사원이 된 결과라니, 너무 끔찍한 일이잖아. 이런 건 잘못됐어."

도망치지 않고 싸우려고 했던 사람이, 그것 때문에 더 깊은 상처를 입다니. 말도 안 된다.

나쁜 짓을 한 적도 없는 사람이 괴로워하는 모습을 보는 건 싫다

그런 사람을 그냥 두면, 이 세상은 답이 없다고 인정하는 것 같잖아.

"세룰리아, 잠을 자는 시간을 줄인다든지 그런 몸을 망칠 수도 있는 짓은 절대로 안 할 테니까, 조금만 더 지켜봐 주면 안 될까?"

지금 당장 세룰리아의 걱정을 풀어줄 수 없는 게 답답하다.

하지만 백마법과 관련된 일인 이상, 내가 어떻게든 하는 수밖에 없다.

천천히, 세룰리아가 포옹을 풀었다.

"알겠습니다. 그렇게까지 말씀하신다면, 저도 주인님의 마음을 받아들여야겠죠."

세룰리아의 표정은 뭔가를 각오한 것처럼 진지했다.

"주인님, 일주일 정도 집에 다녀오도록 허락해 주세요."

"뭐?!"

설마 당분간 친정에 가 있고 싶을 정도로 질려버린 거

야?! 그건 생각도 못 했는데?!

"집에 가서 어머니께 서큐버스의 비법에 대한 가르침을 청하고 오겠어요. 저희 가문에 전해지는 마법이 있거든요."

다행이다……. 뭐, 세룰리아가 열심히 노력하는 사람한테 정이 떨어질 리는 없지만.

"그런데 비법이라니, 대체 뭔데……?"

"지금 말씀드려도 제가 준비될지 아닐지도 모르는 일이니까, 말씀드릴 수 없어요. 아무튼 주인님은 백마법 연습…… 그리고, 몸을 청결하게 해두세요."

"몸을 청결하게?"

"구체적으로 말씀드리자면, 외설스럽다고 여겨지는 일은 전부 금해주세요. 메어리 씨와 해서도 안 되고, 혼자서 하셔도 안 됩니다."

꽤 힘들지만, 일주일이면 가능하겠지.

일 년을 참으라고 하면 좀 자신이 없지만.

"응, 선처할게……. 아니, 반드시 지킬게. 목욕재계도 하고!"

세룰리아는 최근 일 년 동안 제일 부드러운 미소를 지으며 날 믿는다고 말해줬다.

"그럼, 오늘 사장님께 휴가 신청을 해야겠네요. 하는 김에 사장님께 상담도 해볼까요. 마법에 대해 저보다 잘 아실지도 모르니까."

그렇게 해서, 세룰리아는 그날 밤부터 한동안 집을 비우

게 됐다.

비법이라는 게 뭔지는 잘 모르겠지만, 나도 그저 세룰리
아를 믿을 뿐이다.

하지만 메어리가 안고 자겠다고 해서 조금 곤란해졌지
만…….

"미안하지만 아까 말한 이유 때문에 무리야."

"뭐~ 이건 외설스러운 게 아닌데. 그냥 안고 자는 것뿐이
잖아?"

"안 된다고! 그게 외설적인지 아닌지는 개개인의 견해에
따라서 달라지는 거야!"

　　　◇

그리고 일주일이 지나. 세룰리아가 돌아왔다.

"오랜만에 뵙습니다. 아, 이건 선물로 사온 마계 쿠키예요."

"아, 응, 그건 됐고, 비법 쪽은 어떻게 됐어?"

세룰리아가 두 손으로 V 사인을 했다.

저 환한 표정을 보면 잘 됐다는 뜻이겠지.

"할 수 있어요. 성공할지는 모르겠지만, 해봐요!"

"응, 그런데 비법이라는 게 구체적으로 어떤 거야?"

"한마디로 말하자면—— 백마법도 흑마법도 아닌, **회색
마법**이예요."

그건 내가 처음 듣는 말이었다.

"회색 마법……? 그런 마법은 학교에서도 전혀 배운 적이 없는데……."

"그렇기 때문에 서큐버스에게 전해지는 비법인 거죠. 그렇다고 흑마법이나 백마법처럼 체계가 있는 마법은 아니지만."

그 뒤에 세룰리아가 설명해준 내용에 의하면——

흑마법 사용자인 마족 서큐버스는, 어떤 특수한 조건하에서 회색 마법의 매개체가 될 수 있다고 한다.

그 특수한 조건에 대해서도 물어봤는데, 내가 망설일 이유는 하나도 없었다.

"오히려 세룰리아 쪽이 더 부담이 되는 게 아닐까, 그 조건."

"마음이 바뀌는 일은 절대로 없으니까 안심해 주세요——여 · 보."

나는 가까이 다가가서 세룰리아의 손을 잡았다.

"좋았어, 하자. 회색 마법을 손에 넣겠어."

참고로 메어리는 뭔가 마음에 걸리는 게 있어 보이기는 했지만——

"알아서 하든지? 어차피 세룰리아가 바람피우는 걸 얼마든지 용서해주는 거랑 마찬가지니까. 그럼 뭐, 하나도 달라질 게 없잖아."

확실하게 허락해줬다.

그날 밤, 바로 준비를 시작했다.

나는 그렇게 오래 걸리지 않았지만, 세룰리아 쪽이 준비할 게 많았다. 메어리도 이것저것 도와준 것 같다. 나는 내 방에서 가만히 기다렸다.

마침내, 문이 열렸다.

여성이 결혼식장에서 입는 것 같은 드레스 차림으로, 세룰리아가 서 있었다.

평소에 세룰리아가 입던 거의 속옷 같은 노출이 많은 옷이 아니라, 어깨가 약간 드러난 정도의 청순한 분위기가 크게 느껴지는 옷.

나도 모르게, 정신없이 쳐다봤다. 말도 나오지 않았다.

"어떠신가요……? 이런 차림을 하는 건 처음이라서, 어울리는지 아닌지도 모르겠어서……."

"아주 잘 어울려. 정말 예뻐……. 지금까지도 예뻤지만, 그 기록을 갱신한 것 같아……."

나도 가슴이 너무 두근거려서 말이 잘 나오지 않았다.

세룰리아를 보고 가슴이 두근거린 적이 몇 번이나 있었지만, 지금까지와는 감각이 조금 다르다.

"정말 고맙습니다. 그럼, 시작하겠습니다."

세룰리아는 흑마법을 영창하면서 구두를 신은 발로 천천히 카페트 위에 마법진을 그렸다.

나도 마찬가지로 백마법용 영창을 하면서 세룰리아의 마법진에 교차하는 모양으로 마법진을 그렸다.

그렇다, 이것은 백마법과 흑마법을 합친 마법이다.

백마법사와 흑마법사의 공동 작업!

마법진을 다 그린 뒤에 우리는 말 없이, 조용히 마주 봤다.

마침내, 세룰리아가 천천히 입을 열었다.

"저 세룰리아는 프란츠, 당신만을 영원히 사랑할 것을 맹세합니다. 저는 음마 서큐버스이지만, 당신만을 섬기겠습니다."

"나, 프란츠도 서큐버스 세실리아가 말하는 영원한 사랑을 믿습니다. 세실리아는 서큐버스이지만 내 반려이고, 가장 사랑하는 사람입니다."

회색 마법이란 서큐버스가 자신이 정한 백마법사 인간과 진실한 사랑을 맺을 때 만들어낼 수 있는 것이라고 한다.

서큐버스가 가져다주는 사랑은, 일반적으로는 백마법이 싫어하는 음란한 것이다.

하지만 진실한 사랑과 음욕은 완전히 분리할 수 없다.

그것은 거꾸로 생각하면 서큐버스에게도 진실한 사랑을 전할 수 있다는 뜻.

그 때, 흑마법사인 서큐버스가 백마법의 가치를 체현하게 된다.

동시에 백마법 안에도 사랑에 관한 부분에서는 흑마법에

가까운 일면이 있다는 뜻이 된다.

사랑에는 상대를 지배하고 싶다는 의식이 약간이나마 포함돼 있다. 그것은 흑마법적인 생각이다.

여기에 아내인 서큐버스의 흑마법과 남편인 인간의 백마법이 섞일 소지가 있다.

그것이 회색 마법의 정체!

나는 세룰리아의 어깨를 향해 손을 뻗고, 살며시 안아 줬다.

맹세의 입맞춤을 나눈다.

몸속으로, 지금까지 느껴보지 못한 따뜻한 것이 흘러들어 오는 게 느껴진다.

머릿속에 지금까지 없었던 마법의 선택지가 늘어나 있다.

회색 마법
- **평안의 공유**
- **아픔의 공유**

"성공했다……."

숫자는 두 개밖에 없지만, 이 「평안의 공유」가 크루냐 씨를 돕는 데 도움이 될 것이다.

"성공했어요, 주인님…… 아니, 여보."

"아, 정말, 앞으로는 『여보』구나."

세룰리아는 내 사역마가 아닌 아내가 됐다.

나도 앞으로 계속 세룰리아를 아내로서 사랑할 각오가 돼 있다.

"사실은 아내가 여러 명 있어도 괜찮아요. 진실한 사랑은 일부일처에만 존재하는 게 아니니까요."

"뭔가 엄청난 발언이네……."

그럼 하나도 달라지는 게 없잖아…….

"그러니까, 얼마든지 다른 분들과 염문을 뿌리고 다니세요, 여보. 오히려, 경우에 따라서는 저도 같이 하고 싶어요!"

"기쁜 것 같기도 하고 쓸쓸하기도 한 뭔가 복잡한 기분이네!"

하지만 다른 사람과 서큐버스적인 뭔가를 하고 싶지 않다고 말하면 거짓말이 되니까, 세룰리아의 규칙에 감사히 따르도록 하자…….

"자, 주인님."

세룰리아가 내 옷 단추를 풀기 시작했다.

"회색 마법 의식은 끝났으니까………… 첫날밤을 치르도록 하죠."

아, 그렇게 되겠지…….

"응, 부부가 돼서 첫 번째 밤이니까."

서큐버스적인 일은 셀 수도 없을 만큼 해왔지만.

천천히 드레스를 벗을 때는, 지금까지 느껴보지 못했던

긴장감과 사랑스러운 기분을 맛봤다.

그날은 특히 천천히, 세룰리아와 서로의 사랑을 확인했다.

"여보, 아무래도 일주일 동안 몸을 깨끗하게 유지한 보람이 있네요."

세룰리아가 어떤 사실을 지적했다.

"왜냐하면, 이렇게 잔뜩……."

"그렇게 말하지 말아줘……. 창피하니까……."

◇

내가 할 수 있는 일은 다 했다고 생각한다.

만반의 준비를 하고, 나는 크루냐 씨에게 회색 마법을 걸기로 했다.

회사 밖에 두 개의 마법진이 섞인 복잡한 마법진이 그려져 있다.

그 위에 크루냐 씨가 불안해하는 얼굴로 서 있다.

주위에는 세룰리아, 메어리, 사장님과 레다 선배, 파피스타냐 선배, 토토토 선배, 모일 수 있는 관계자가 전부 모여 있다.

"저, 정말로 잘 되겠지……? 폭발하는 건 아니겠지……?"

"실패하더라도 그런 일은 없―을 거야."

"그건 확실하게 말해줬으면 싶은데……."

실제 사례가 거의 없어서 장담할 수도 없거든.

"저도 직접 보는 건 처음이네요. 이런 마법이 있다는 이야기는 어디선가 들은 적이 있지만."

"서큐버스 중에서도 극히 일부 가문에만 전해지는 거니까. 오히려 잘도 대가 끊어지지 않고 남아 있었다고 생각해."

"어머님이 조모님께 회색 마법에 대해 배우셨다고 해요. 저도 마법을 살릴 기회가 있어서 다행이네요."

다른 사람들 목소리가 들려오는 속에서, 나는 회색 마법을 영창했다.

"열의 평안 중에 다섯을 눈물로 볼을 적시는 이에게 나눠준다. 아아, 이 무슨 기적인가. 나의 평안은 일곱이 남고, 눈물을 흘리는 자의 평안도 일곱이 늘어난다. 기쁨은 사랑도 절망도 모두 알고 있는 자에 의해서만 퍼지는 것이다!"

이 「평안의 공유」라는 마법은, 바로 내 마음의 평안을 크루냐 씨에게 나눠주는 마법이다.

즉, 마음의 방어벽을 만들어준다.

그렇게 되면 밖에 나갈 힘도 생길 것이다.

밖에 나가면 또 상처를 입을 위험이 생긴다.

안전만 생각한다면 방 안에만 틀어박혀 있는 쪽이 훨씬 좋다.

하지만 그래서는 새로운 기쁨을 얻을 수 없다. 사람은 위험을 감수하지 않으면 밖에 나갈 수 없다.

그러니까 이 마법으로 공포심을 없애주겠어!

마법진에서 하얀 안개와 검은 안개가 동시에 피어올랐다.

그것들이 섞여서, 회색이 됐다.

그 안개가 크루냐 씨를 감싼다.

"콜록, 콜록! 이거 왠지, 눈이 따가운데……. 백마법 같은 안식하고는 전혀 다르거든!"

"거기엔 흑마법의 요소도 들어 있어서 어쩔 수가 없어요. 아픔도 어느 정도 따르게 돼요."

세룰리아가 설명해줬다.

응, 실제로 내 체력도 일시적으로 떨어진 게 느껴지네…….

이거, 한마디로 내 마음의 긍정적인 부분을 크루냐 씨한테 나눠주는 거니까……. 너무 많이 쓰면 내 마음에도 문제가 생긴다.

그렇게 과도하게 사용하면 술자에게 독이 되는 부분은 그야말로 흑마법적인 부분이다.

하지만 그만큼 순수한 백마법보다 발동 자체가 훨씬 간단하다.

게다가 내가 오랫동안 연습해도 쓰지 못했던 백마법 「천사의 응원 나팔」보다 훨씬 직접적인 효과가 있고!

마침내 회색 연기가 사라져갔다.

크루냐 씨가 아까와 똑같은 모습으로 서 있다.

변신하게 만드는 마법이 아니니까 당연한 일이지만.

자, 어떻게 됐을까?

나는 물론이고 모든 사람들이 크루냐 씨 쪽을 보고 있다.

"어라, 뭐지……."

크루냐 씨가 자기 가슴에 손을 댔다.

"계속 이유도 없이 불안해서 움직이지도 못하게 된 적이 몇 번이나 있었는데…… 그런, 어떻게 해야 좋을지 모르는 그런 두려움이…… 사라진 것 같아."

그렇다면 성공인가?!

하지만 이런 마법은 효과가 있는지 아닌지 알기 힘드니까 말이야.

"크루냐 씨, 만약에 움직일 수 있겠다면, 또 왕도에 쇼핑하러 갈까?"

결국 움직일 수 있는지 아닌지 시험해보고 확인하는 수밖에 없다.

하지만 크루냐 씨는 고개를 도리도리 저었다.

뭐야, 그렇게 싫은 거야?! 단호하게 거부한다는 느낌인데!

"쇼핑도 좋지만, 단 게 먹고 싶어! 케이크 뷔페 가게에 가고 싶어! 그걸로 짜증 나는 상사 기억을, 완전히 몰아내 버릴 거야!"

그 눈은 싸우는 사람의 눈이었다.

가까이 다가가면 물어버리겠다고 하는 늑대의 눈이다.

"이거, 상당히 효과가 좋은 것 같은데요!"

케르케르 사장님도 눈이 휘둥그레졌다.

크루냐 씨가 재빨리 내 팔을 붙잡았다.

"프란츠 씨, 가요! 지금 당장 케이크 뷔페에 가는 거예요!

돈은 제가 낼 테니까! 위자료 받은 게 있으니까 그 정도는 낼 수 있어요!"

"으, 응……."

그 기세 앞에서, 나는 그저 고개를 끄덕이는 수밖에 없었다.

세룰리아 쪽을 슬쩍 봤지만, 오른손으로 잘했다는 사인을 보내고 있었다.

아내는 허락해 준 것 같네. 역시 관계성은 그다지 달라지지 않았구나.

그 뒤에 나는 크루냐 씨가 케이크를 실컷 먹고 불만을 늘어놓는 걸 계속 들어줬다.

"정말 최악의 상사였다니까. 물어보면 『그걸 꼭 물어봐야 알아』라고 하고, 안 물어보면 『왜 안 물어보지도 않고 멋대로 하는데?』라고 한다니까! 그건 100% 내가 지는 전개잖아! 비겁해!"

"으아…… 전형적인 부하들한테 미움받는 상사네……."

"내가 왜 그런 쓰레기한테 고개를 숙여야 하는 건데! 말도 안 돼, 말도 안 된다고!"

최소한 그날 하루 동안은 크루냐 씨가 힘이 났고, 일부러 그 회사 옆을 지나가면서,

"적마법을 배워서 터트려버리고 싶어. 아니, 누가 터트려주지 않으려나."

그런 소리까지 했다.

내 마법이 제대로 먹힌 것 같다.

"이렇게까지 효과가 좋으니까 되레 무섭네…… 너무 무모한 짓은 하지 말고…… 사흘에 한 번 정도 그 마법을 쓰면서 상태를 지켜볼 테니까."

갑자기 과거의 근심이 소멸하는 건 아니니까, 꾸준히 관찰할 필요가 있다

"알아, 나도 안다고. 나도 반쯤은 가짜 힘이라고 생각하니까. 그렇다고 세뇌된 것도 아니고 내 머리로 생각하고 행동하는 거니까, 그건 안심해. 내가 힘들어했던 기억도 다 남아 있어."

크루냐 씨가 수줍은 미소를 지었다.

응, 이게 크루냐 씨의 원래 표정이다.

방에서 나오지도 못하게 됐을 때와는 천지 차이이다.

"자, 오늘 목표는 달성했으니까 그만 돌아갈까. 네크로그란트 흑마법사는 교외에 있어서 가는 데 오래 걸리니까."

늦게까지 데리고 다니면 더 위험할 수도 있다.

이런 건 천천히, 차근차근 원래대로 되돌려야 한다.

"응. 그런데, 마지막으로 딱 한 군데 더 가고 싶은 데가 있거든."

한 군데라면 괜찮다고 생각해서, 크루냐 씨를 따라갔다.

──그리고는, 호텔 거리에 도착했다.

"저기, 크루냐 씨…… 여기는……?"

"괜찮아. 프란츠 씨가 안 노는 사람인 것 같으면서도 이 런저런 사람들이랑 놀고 있는 건 나도 알고 있으니까. 솔 직히 세 명이서 동거하고 있다는 얘기, 모르는 사람이 없 잖아."

그건 그런데…….

"그래도, 신세를 너무 많이 져서 오히려 미안하니까…… 오늘은 프란츠 씨한테 날 선물해줄게."

"난 괜찮지만, 그러다가 크루냐 씨가 상처받으면 안 되는 데 말이야……?"

"인간관계는 말이야, 너무 받기만 해도 좋지 않다는 것 같 아. 의사 선생님이 그랬어. 자, 들어가자."

크루냐 씨와는 계속 청순한 관계를 유지할 생각이었는 데——

결국, 서큐버스적인 일을 하고 말았다…….

나중에 크루냐 씨께서 이렇게 지적하셨다.

"프란츠 군, 이런 말 하는 건 좀 그런데…… 너무 잘해……. 이상하거든……?"

나는 씁쓸하게 웃는 수밖에 없었다.

나도 모르는 사이에 세룰리아한테 기술을 배운 거려나……. 직업상 여러 사람과 그런 관계를 갖는 일도 많고…….

"프란츠 군, 사실은 여성들을 위한 그런 가게에서 일한 적 있는 거 아냐……? 남편한테 질린 사모님들이 드나드는 가 게가 있다는 것 같던데……."

"아니야! 그런 경력은 없어!"

피곤해서 꾸벅꾸벅하는 크루냐 씨 옆에서, 나는 이런 생각을 했다.

진실한 사랑이란 대체 뭘까?

◇

며칠 뒤에, 사장님이 이런 말씀을 하셨다.

"프란츠 씨 급여를 조금만 올려줄게요."

"예!? 그야 고맙기는 하지만…… 어째서죠!"

원인 불명의 급여 인상은 무서운 일이기도 하니까. 위험 수당이 추가된 거라고 하면 싫고.

"무슨 말씀이세요. 회색 마법이라는 특별한 마법을 지니게 됐으니까, 자격 취득에 의한 급여 상승이에요."

케르케르 사장님이 싱긋 웃으면서 짝짝짝짝 박수를 쳤다.

"축하드려요! 다른 사람이 괴로움을 뛰어넘을 수 있도록 노력을 거듭한 끝에, 하나의 경지에 올라섰네요! 프란츠 씨는 정말 훌륭해요!"

"그래도 말이죠, 회색 마법 습득은 세룰리아 덕분이거든요……."

나 자신은 백마법을 연습했을 뿐이고.

"프란츠 씨가 그만큼 열심히 하지 않았다면, 세룰리아 씨도 회색 마법의 존재를 생각해내지 못했을 거예요. 노력이란 당장 결과가 나오지 않아도, 좋은 것을 끌어들이는 법이 니까요."

갑자기 마법사로서 엄청난 실력을 발휘하게 되는 것도 아 니지만, 다른 사람한테 없는 희귀한 마법을 손에 넣었다는 건 사실이겠지. 그건 자랑스럽게 생각해도 되려나.

그리고 나 혼자 힘으로 이룬 게 아니라, 세룰리아랑 둘이 서 손에 넣었고.

"고맙습니다. 올려주신 만큼 일할 수 있도록 노력하겠습 니다!"

사장실에서 나왔더니 세룰리아가 눈물을 글썽이면서 서 있었다.

그것이 기쁨의 눈물이라는 건 바로 알았다.

"급여 인상 축하드려요, 여보!"

나는 아내를 힘껏 안아줬다.

사장님, 세룰리아한테 먼저 말하셨구나.

엄밀히 따지자면 룰 위반인 것 같다는 생각도 들지만, 뭐 어때.

오늘 밤엔 아내랑 메어리랑 외식이라도 하러 가자.

제 6 화

아리에노르의 새로운 일

내가 크루냐 씨의 일 때문에 회색 마법이라는 특수한 마법을 배우고 조금 지났을 무렵.

편지가 한 통 왔다.

주소가 시즈오그군 모르코 숲인 걸 보고 바로 알았다.

예상대로 아리에노르가 보낸 편지였다.

나는 바로 봉투를 열어서 편지를 읽었다.

흐하하하! 내 라이벌, 열심히 일하고 있나!

이쪽은 생활에 조금 변화가 있어서 말이다, 그 김에 네놈을 초대해줄까 한다.

다음 일정 중에 편한 날에 ○ 표시를 해서 답장을 보내라.

참고로 전부 안 된다는 건 라이벌로서 있을 수 없는 일이다. 반드시 하나를 고르도록!

　　　　모르코 숲 카라일 가문의 후예, 아리노에르로부터.

"꽤나 억지 부리는 초대장이네……."

하지만 이렇게까지 했는데도 안 가면, 그 녀석이 삐칠 테니까.

"여보, 이건 가야만 하겠네요. 두 분의 관계를 다질 좋은 기회예요!"

세룰리아가 등을 떠밀어주는 것처럼 말했다.

「여보」라고 부르는 여성이 가라고 말하는 것도 이상한 기분이지만.

"뭐, 거부할 수도 없을 것 같으니까, 일단 가봐야겠지."

"……이 몸도 같이 가서 감시하고 싶지만, 이 일은 프란츠한테 맡길게."

메어리도 안 가려는 것 같다.

"저도 이번에는 집에서 기다리도록 하겠어요. 제가 가면 방해가 될 것 같으니까요."

"왠지 세룰리아한테서 정실부인의 여유가 느껴지네."

메어리가 약간 차가운 시선으로 보고 있다.

"훌륭한 흑마법사가 되기 위해서는 그런 것도 많이 경험하는 쪽이 좋으니까요. 그건 그것대로 인간적인 성장이고."

세룰리아가 선생님 같은 말을 했다.

그런 걸 많이 경험하라고 당당하게 말하는 선생님은 거의 없지만.

하지만 흑마법사다운 악덕한 짓을 저질러버린 상대니까, 그 책임은 져야겠지. 혼자서 갔다 오자.

◇

모르코 숲은 상당히 먼 곳이라서, 토토토 선배의 드래곤 스켈레톤 천상호에 태워달라고 하기로 했다.

마침 왕도에서 서쪽으로 짐을 나를 일이 있다고 해서, 그날짜와 아리에노르한테 가는 날짜를 맞췄다.

"우와~ 원거리 연애 상대를 만나러 가다니, 프란츠 군도 정력적인데~♪"

토토토 선배는 즐겁다는 듯이 천상호를 운전하고 있다.

"놀리지 마세요, 선배. 그리고 연애라고 불러도 되는지 미묘한 상황이니까요. 아리에노르는 틀림없이 부정할 테고…….."

어쨌거나 아리에노르한테 나는 라이벌이라는 설정이다.

"음~ 그렇구나. 그쪽이 솔직해지지 못하니까, 힘들지도 모르겠네. 게다가 프란츠 군한테는 세룰리아도 있고, 메어리도 있고………….."

토토토 선배가 잠시 입을 다물었다.

"만약에 아리에노르라는 애랑 결혼해도 엄청난 일은 벌어지지 않을 것 같은데."

"저기요! 농담이라도 그런 소리는 하지 말아 주실래요!"

"이런 건 농담도 아니거든. 아리에노르라는 애는 외동딸이잖아? 사위가 돼서 모르코 숲에 와서 살라고 하면 엄청 귀찮아지지 않겠어? 세룰리아처럼 관대한 여자가 예외적인 거라고."

"하긴, 그건……."

지금까지 여러 사정이 있어서 여러 여자와 관계를 가져왔는데, 그게 이상한 일이었다.

"어쩌면 이번 초대장이 사위가 되라는 뜻인지도 몰라. 자기 집으로 불러서 부모님한테 소개하고, 도망치지 못하게 하는 작전이라든지 말이야. 은근히 『흔히 있는 일』이야."

마침 그때, 천상호가 전방에 있는 연못을 회피하기 위해서 급하게 커브를 틀었다.

내 몸이 옆으로 기울었다.

"으아……. 갑자기 가기 싫어졌다……."

그러고 보니 아리에노르의 부모님은 만난 적이 없네……. 우호적으로 맞이해줘도, 우리 딸한테 무슨 짓을 했느냐고 해도, 어쨌거나 불편하겠지…….

불안을 품고서, 천상호는 모르코 숲을 향해 달려갔다.

──그리고 천상호가 들를 수 있는 그럭저럭 큰 도시에서 내렸고, 모르코 숲 방면으로 가는 마차로 갈아탔다.

일단은 다양한 상황의 시뮬레이션을 해두자…….

부모님이 상냥하게 맞이해 주신다면 나도 동기로서 사이 좋게 지내고 있습니다, 그냥 친구입니다, 라는 분위기로 대응한다.

우리 딸한테 손을 댔겠다, 라고 말할 경우에는…… 죽어라 사죄하자. 그 뒤에는 상대의 태도를 보고 정하는 걸로……. 두세 대 정도 맞게 되더라도 참자.

그리고 사위가 되라고 말하는 경우에, 어떤 의미에서는, 제일 곤란한데…….

그때는 아직 왕도에서 흑마법사로서 열심히 일하고 싶다

고, 의연한 태도로 대답하자. 응, 그게 좋겠네.

카라일 가문의 사위로 들어간다는 건, 나도 흑마법 개인 상점을 이어받게 된다는 뜻이다.

아무래도 나한테는 자영업을 해나갈 만큼의 경험이 없다.

만약에 사위로 들어가게 되더라도, 앞으로 5년은 더 열심히 일한 뒤에나 해야겠지.

세룰리아와의 관계에 대해 묻는다면………… 잠깐만, 나, 대답하기 힘든 상황을 너무 많이 만들었잖아!

내가 아리에노르의 부모님이라도, 딸이 서큐버스를 사역마로 삼고 다른 여자 마족과도 동거하는 남자와 결혼하겠다고 한다면, 정말 귀찮게 됐다고 생각할 거야! 그 남자를 일단 열 대는 때리고 시작해야겠다고 생각할 거라고!

"젊은이, 안색이 안 좋은데 혹시 멀미라도 하는 거야? 이 노선은 길이 많이 구불거리거든."

마차에 같이 타고 계신 할머니가 걱정해 주셨다. 얼굴이 새파랗게 질려있었던 것 같다.

"아뇨, 그런 건 아니고요. 괜찮습니다."

그러는 사이에 모르코 숲의 집락에 도착했다.

마차는 숲속을 굽이굽이 누비는 것처럼 달려갔는데, 집락에 들어서자 길고 평탄해지고 집들이 많이 보이기 시작했다. 그리고 바로 종점에 도착했다.

낡은 상점도 많은 걸 보면 여기가 모르코 숲의 메인 스트

리트라고 봐야 할까.

"크게 번영한 건 아니지만, 내가 남작으로서 가지고 있는 지역처럼 한계에 도달한 집락이고, 당장 망할 것 같은 분위기는 아닌 것 같네."

아슬아슬, 아직 성립되고 있다는 인상이다.

그리고 메인스트리트에서 한 블록 뒤로 들어간 곳에 그 가게가 있었다.

『저주 해제, 기도, 수렵 보조. 신뢰와 실적의 카라일 흑마법 상점.』

고풍적인 간판이 걸려 있다. 딱 봐도 개인 상점이라는 느낌이다.

문이 있기는 했지만 그걸 두드려도 될지 망설여진다. 솔직히 말이야, 당연히 긴장되지 않겠어……. 애들이 친구 집에 놀러 가는 것과는 또 다르니까.

"좋았어…… 일단 집 주위를 한 번 둘러보자……."

영업할 때도 조금 일찍 도착하면 그런 일 정도는 하잖아. 이상한 일이 아니다.

그리고 『카라일 흑마법 상점』 뒤쪽으로 갔을 때, 깜짝 놀랐다.

건물 뒤쪽은 유난히 화려한 색으로 칠해져 있었다.

따뜻한 색을 잔뜩 써서 칠한 게, 도무지 흑마법사의 건물이라는 분위기가 아니다.

게다가 뭔가 맛있는 냄새까지 풍기고 있다.

마침 점심때니까, 식사라도 하고 있는 걸까.

그때, 내 앞에 분필로 글을 써놓은 삼각형 안내판이 세워져 있다는 걸 알아차렸다.

레스토랑 아리에노르

오늘의 런치 : 산비둘기 다리 살에 호두와 아몬드 소스를 곁들이고

샐러드, 수프, 빵, 식후 차까지. 빵은 호두 빵, 건포도 빵을 선택 가능.

작은 동화 7닢

"레스토랑을 하고 있다고?!"

멍하니 있는 내 옆을 지나, 손님으로 보이는 현지 주민이 가게 안으로 들어갔다.

거의 동시에, 식사를 마친 손님도 나왔다.

"이야~ 이런 시골에 세련된 가게가 다 생겼다니까~." "그러면서 부담되는 분위기도 아니라서 우리 같은 사람들도 편하게 갈 수 있다니까." "지금까지는 낡은 식당밖에 없었는데 말이지."

아무래도 호평인 것 같다.

설마 레스토랑이 됐을 줄이야……. 그리고 이 가게를 운영하는 사람, 틀림없이 아리에노르겠지. 왜냐하면 가게 이름부터 아리에노르니까.

최소한 『카라일 흑마법 상점』에 들어가는 것보다는 입점 난이도가 훨씬 낮아 보여서, 나는 그 레스토랑으로 들어갔다.

"어서오세요~. 한 분이신가요? 카운터 석에서 편하신 자리에 앉아주세요."

앞치마 차림의 아리에노르가 인사를 했다.

"오랜만이야 아리에노르. 그럼, 오늘의 런치 하나."

"으아아아아!! 네놈은 프란츠가 아닌가!!"

엄청나게 놀랐다.

"뭐야…… 네가 초대했으면서 너무 놀라는 거 아냐……."

"설마, 이쪽에서 손님으로 들어올 줄은 몰랐다……. 흑마법사로서 불렀으니까, 앞쪽 가게로 올 줄 알았는데……."

아무래도 레스토랑으로 들어올 거라고는 생각도 못 했던 것 같다.

"어쩔 건가? 지금은 영업시간이라서 시간을 낼 수가 없다. 안으로 들어가서 우리 부모님과 이야기를 해도 좋다만."

"꼭 이쪽 레스토랑에서 기다릴래. 배가 고프니까 런치도 주문하고 싶고."

갑자기 아리에노르도 없이 부모님과 만나라니, 완전히 지옥이잖아.

"알았다. 메뉴는 거기에 있으니까. 오늘의 런치 말고 다른 것도 있지만, 오늘의 런치가 가격대비로 제일 괜찮으니까 그걸 추천한다."

"그럼 그걸로 줘."

"빵은 어떤 게 좋은가?"

"아, 그렇구나…… 고를 수 있네……. 호두 빵으로 부탁해……."

이건 이것대로 큰일이 났다. 이렇게까지 생각도 못 한 상황이 벌어지는 것도 흔치 않은 일인데.

잠시 기다렸더니 먼저 수프, 샐러드, 빵이 나왔다. 그 뒤에 구운 산비둘기 다리 살에 소스를 곁들인 메인 요리가 나왔다.

"자, 천천히 음미하면서 먹어라. 그리고 아리에노르 님의 실력에 놀라 경배하라."

점원의 발언치고는 문제가 많은 소리를 하고, 아리에노르는 주방으로 들어가 버렸다. 아무래도 혼자서 가게를 꾸려나가고 있는 것 같다. 꽤 바빠 보이네.

자, 배가 고프면 아무것도 못 하니까. 앞으로 벌어질 일을 위해서라도 배를 채워둬야지.

먼저 샐러드.

샐러드부터 벌써 맛있잖아!

왕도의 샐러드는 그냥 적당한 채소라는 느낌인데, 이건 신선도가 장난이 아니거든. 좋은 의미로 강렬한 풀 냄새가 난다고 할까, 진짜 채소를 먹고 있다는 기분이 든다. 그리고 드레싱이 다양한 채소들의 개성을 하나로 잡아주면서, 샐러드로서 성립되게 만들어주고 있다.

그리고 양파 수프 같은 것. 이쪽도 맛있다. 몸이 따뜻해지는데, 생강이 들어가 있나 보네. 그리고 육두구랑, 어쩌면 시나몬까지 들어 있으려나.

산비둘기 고기도 정말 제대로 구웠다. 냄새가 하나도 안 난다. 호두와 아몬드 소스도 식욕을 엄청나게 자극해! 곁들인 채소도 그냥 장식이 아니라, 꼼꼼하게 조리해서 그 자체로도 하나의 요리라고 할 수 있다.

빵도 맛있어! 이것만 가지고 빵 가게를 열어도 될 수준의 맛이다.

뭐야 이거, 이건 왕도에서도 유명한 가게가 될 레벨이잖아.

마침 빵을 다 먹었을 때, 옆쪽에서 사람 기척이 느껴졌다.

"어떠냐 프란츠. 빵은 얼마든지 더 먹을 수 있다. 더 먹겠나?"

거만한 얼굴로, 아리에노르가 서 있었다.

"이번엔 건포도 빵으로 줘."

"알았다. 열심히, 포식이라는 악덕을 충족시키도록 하여라!"

하긴, 이건 정말 과식하지 않게 조심해야 할 퀄리티네.

건포도가 들어간 빵도 신맛과 단맛이 잘 어우러져서, 빵 하나만 가지고도 배터지게 먹을 수 있을 것 같은 맛이었다.

나, 맛있는 집을 찾아서 지방까지 찾아온 미식가가 된 기분이다…….

두 시간 뒤, 마지막 손님이 나간 뒤에 점심 영업이 끝났다.

그동안 나는 가게 안을 구경하든지 하면서 시간을 보냈다. 시간이 많았던 덕분에, 뭘 물어봐야 좋을지에 대한 것도 정리할 수 있었다.

"후우…… 오늘 일은 이걸로 끝이군. 완전히 인기 있는 가게가 돼버렸다. 내가 생각해도 스스로의 재능이 무섭구나."

아리에노르는 거만하게 허리에 손을 얹은 자세로 서 있다. 참고로 까마귀『청아 리머릭』은 가게 구석에서 얌전하게 있었다.

"저기, 아리에노르."

"음, 잘 와줬다, 내 라이벌이여."

밥은 맛있었다. 그건 사실이니까 굳이 부정할 필요도 없다. 그런데——

"너, 레스토랑을 운영하는 꿈은 일단 접어두고, 흑마법사로 살아가겠다고 하지 않았었나……?"

예전에 왕도로 잠깐 유학 왔을 때는 그렇게 말했었는데말이야.

물론 나중에 마음이 달라지는 것도 본인의 자유지만, 아무래도 석연치 않았다. 그 결심은 내체 뭐였냐고 따지고 싶어지니까.

"그래, 분명히 나는 흑마법사로서 살아가겠다고 맹세했다."

그럼 역시 마음이 변했나?

"하지만 그때 선택하지 않았던 것은 『왕도에서 레스토랑을 개업한다』는 선택지였을 뿐이지, 『고향인 모르코 숲에서 흑마법사로 살아가면서 레스토랑을 운영한다』는 선택지가 아니었다. 나는 지금, 그 두 가지를 동시에 하고 있는 것이다!"

아, 그렇구나……. 그건 왕도에서 독립할지 말지에 대한 고민이었나……

"그래서, 지금도 흑마법사로서의 연습은 계속하고 있다. 걱정하지 마라."

사역마 리머릭이 『하지만 요리 쪽을 더 잘해~』라고 말했는데, 그건 못 들은 걸로 해두자……. 이 퀄리티에 마법까지 잘하는 건 상당히 힘든 일이니까.

"하지만, 네가 납득하지 못하는 것도 이해하니까, 경위를 설명하겠다. 애당초 그러기 위해서 널 부른 것이다, 프란츠."

아리에노르는 가게 벽에 등을 기댔다. 젊은 나이에 독립한 가게 주인이라는 분위기가 감돌고 있다.

"아리에노르, 평소처럼 잘난 척하고 있지만, 앞치마 때문에 왠지 분위기가 안 나거든."

아니, 요리사로서는 훌륭하지만, 흑마법사로서는 영 아니란 말이야.

"이, 일일이, 쓸데없는 소리 하지 마라! 어쩔 수 없지 않으냐! 요리사니까! 이건 말하자면 내 전투복이다!"

아리에노르가 얼굴이 빨개져서 따져댔지만, 온갖 요소가 완전히 요리사일 뿐이고, 흑마법사로서의 요소는 도저히 찾아볼 수가 없다…….

"빨리 말해, 빨리 말해~."

또 까마귀 리머릭이 주인을 놀리는 것 같은 소리를 했다.

"이놈! 리머릭! 너는 날 너무 무시한다! 좀 더 공경해라!"

"아, 예. 알겠습니다, 알겠습니다~."

"저기, 지금 그 말도 놀리는 거지……."

이쪽 사역마와 주인도 어쩌네저쩌네 해도 좋은 콤비라니까.

"어, 어흠…… 계속하겠다. 지난번 유학이 끝난 뒤에, 나는 이 모르코 숲에서 흑마법 수련에 매진했다."

아리에노르가 이야기를 부풀려서 말하는 경향이 있기는 하지만, 그래도 이건 믿어도 되겠지.

"헌데, 올해 왕도에서 프란츠를 만나고 두 달 뒤에, 큰 문제가 발생했다……."

아, 새해 첫 업무는 아리에노르의 관광 안내였었지.

"문제? 대체 무슨……?"

"『카라일 흑마법 상점』의 경영이 힘들어졌다……."

경영의 위기였냐!

"이, 이 몸의 책임이 아니다? 아버지도 모르코 숲 제일의 흑마법사로서 열심히 노력하시고 계신다……. 하지만 인구가 조금씩 줄어들고 있고, 그 탓에 들어오는 일 자체도 서서히 없어져 가고 있다……. 장기적으로 감소하는 경향이다…….”

“그야 뭐, 이런 숲에서 인구가 늘어날 리가 없다니까.”

예전에는 어떻게든 돌아가던 지방 경제의 사이클에 문제가 일어나는 건 아주 흔한 일이니까.

“당연히, 나는 가게를 닫는 데 반대했다. 무엇보다 가게를 닫으면 내가 일할 곳이 없어지지 않는가……. 아직 독립해서 돈을 벌기에는…… 아, 아주 조금 실력이 부족한 면도, 어, 없지는 않으니까…….”

어쩔 수 없다는 분위기이기는 하지만, 자기 실력을 객관적으로 보려고 하는 태도는 인정할 만 했다.

“그래서 내가 대책을 마련하기로 했다. 먼저…… 하나는 왕도로 가는 것.”

아리에노르는 고개를 살짝 숙인 채로 내 얼굴을 슬며시 엿보는 것처럼 쳐다봤다.

뭐야, 이 말하기 힘든 얘기를 하려는 것 같은 시선은…….

“왕도에는 라이벌도 있으니…… 그 라이벌과 형식적으로…… 형식적으로 가정을 꾸려서…… 안정된 생활을 하는 것도 괜찮을 것 같다고…….”

“자, 잠깐, 잠깐만!”

아리에노르 이 자식, 창피해하면서 말도 안 되는 소리를

다 하네.

"그게 무슨 소리야, 가정을 꾸리다니?! 난 처음 듣는 소리거든!"

그렇게 깊은 이야기는 지금까지 나온 적이 없었다.

"말한 적이 없으니 처음 듣는 것도 당연한 일이다! 형식적이라고 말하지 않았나! 왜, 학생 결혼 같은 게 있지 않은가? 일단 혼인 신고만 하는 그런 것이다⋯⋯."

일단이건 뭐건, 혼인 신고를 하는 건 상당히 큰 문제거든⋯⋯.

"왕도라면 흑마법 일도 많을 테고, 아르바이트 같은 것을 해서 가계에 보태면서 살아간다든지, 그런 것도 가능하지 않을까⋯⋯ 가능성으로서 생각했을 뿐이다⋯⋯."

아리에노르는 양쪽 집게손가락 끝을 콕콕 부딪치면서 말하고 있다.

시선은 나한테서 다른 곳으로 옮겨갔다.

이건 눈을 보고 말하기 힘든 일이겠지.

어떤 의미에서 보면, 여기까지 올 가치가 있는 일이었네⋯⋯.

분명히 서면이 아니라 구두로 들어야 할 내용이다.

"하지만, 그렇게 되면 불확정 요소가 너무 크고, 지금의 내 힘으로 왕도에 진출하는 것도 불안한 측면이 있어서⋯⋯ 일단 그만두기로 했다. 모르코 숲에서 열심히 해보기로 했다."

역시 부족하다는 건 인식하고 있었다. 그것도 성장을 위한 한 걸음이라고 생각한다.

"그래서, 모르코 숲에서 『카라일 흑마법 상점』을 계속 운영하려면 안정된 경제 기반이 필요하게 된다. 다르게 말하자면, 흑마법만 가지고 벌이가 부족하다면 다른 일도 해야 한다는 뜻이다."

논리적으로는 맞는 말이네.

거기서 내가 짝, 하고 손뼉을 쳤다.

선이 하나로 이어졌다.

"그래서, 집 뒤쪽을 개조해서 레스토랑을 차리기로 했구나."

"그러하다!"

또 아리에노르가 거만한 표정을 지었다. 그럴 만한 요소는 거의 없었던 것 같은데 말이야.

"원래 요리 실력을 시험해보고 싶다는 생각은 있었다. 그렇다면 모르코 숲에서 시험해보면 된다. 집에서 한다면 가겟세를 낼 필요도 없으니 위험부담이 적다. 그렇게 생각한 것이다!"

가겟세가 공짜라는 건 엄청난 장점이다. 그래도 집을 개조하려면 돈이 필요했을 텐데, 그건 어떻게든 했겠지.

"식재료도 예전부터 인맥이 있는 근처 사냥꾼분들께 부탁해서 아주 싼 가격에 들여오고 있다. 그래서 적절한 가격으로 신선한 음식을 제공할 수 있는 것이다!"

"응, 맛있었다는 건 인정해."

솔직히 말해서 왕도에 오픈해도 충분히 싸울 수 있는 맛
이다.

"그리고 『레스토랑 아리에노르』를 오픈한 지 두 달 정도.
손님도 순조롭게 늘어나서, 본업인 흑마법을 보충할 만큼
의 이익도 발생하고 있다! 내 작전이 제대로 성공한 것이다!
놀랐느냐!"

그거, 내가 놀랐다고 말하기는 좀 이상한 것 같은데——

날 부른 이유를 알 것 같다.

"레스토랑의 경영이 궤도에 올랐으니까 보러 오라고, 날
불렀다는 거야?"

"그, 그것도 사실이기는 하다……. 치밀한 계획의 결과는
아니지만……. 위기 상황에서 취한 고육지책이라는 부분도
있지만…… 그래도, 나는 내 가게를 시작했다! 꿈을 이뤘다
고 할 수도 있는 것이다!"

아리에노르의 자랑스러워하는 표정이 저녁노을처럼 눈
부시게 보였다.

과정이 어쨌거나, 아직 젊은 나이에 자기 가게를 가졌으
니까.

만약에 회사에 취직했다면 아직 말단으로 일할 나이다.
내 학생 시절 친구들도 아마 전부 말단이겠지.

이 시점에서 높은 사람이 되려면 창업하는 수밖에 없다.
굳이 말할 필요도 없지만 위험부담이 크다. 그 위험이 무서
워서 회사에 취직하려 한다고 할 수도 있고.

그런 와중에, 아리에노르는 어쨌거나 자기 가게를 차렸고, 거기서 싸우고 있다.

흑마법 업계에서 성공한 건 아니지만, 충분히 대단한 일이라고 생각한다.

"더 번성하게 해봐. 음식점은 처음 5년을 버티기가 엄청나게 힘드니까."

"지금 누구에게 하는 소리냐? 시즈오그군에서 제일가는 가게로 만들 것이다! 그리고…… 흑마법에서도 널 따라잡겠다!"

"흑마법 쪽은 덤, 처럼 말했네……."

완전히, 흑마법사에서 요리사 쪽으로 넘어가 버렸다.

이 가게가 돌아가는 모습을 봤으니, 그러지 말고 흑마법이나 열심히 하라는 말은 하기 힘들다.

"흑마법 연습도 열심히 하고 있다만?! 그건 거짓말이 아니다. 지금은 흑마법 업계 신인 정도 실력은 된다! 왕도에서도 신입사원 취급이라면 취직할 수 있을 것이다!"

당황해서, 아리에노르가 보충 설명을 했다.

"아니, 그렇게까지 의심하는 건 아니고. 잠깐 유학 왔을 때도 기초는 클리어했으니까……."

"그래서, 요리에 정신이 팔려서 본업인 흑마법을 소홀히 하고 있는 건 아니고, 게다가 흑마법사를 은퇴하고 요리사 외길로 살아갈 생각도 없으니까 말이다……. 그건 안심해도 좋다. 나는 평생, 네 라이벌로 있을 테니……."

또, 아리에노르가 엿보는 것 같은 시선으로 내 눈을 보려고 했다.

거기서 아리에노르의 불안한 마음이 엿보였다.

아, 흑마법사를 포기한 게 아니라는 말을 하기 위해서 날 부른 건가.

자신이 변해가고 있다는 걸 자각하기 때문에, 라이벌인 나한테 도망친 게 아니라고 인정받고 싶었겠지.

"그래, 알았어. 왕도에서 기다리고 있을 테니까. 흑마법 쪽에서 이름을 떨치라고."

내가 그렇게 말했더니, 아리에노르가 안심한 표정을 지었다.

"나한테 따라잡혔다고 울상을 짓는 것도 시간문제다. 각오하고 기다리도록 해라!"

이걸로 아리에노르의 현재 상황 보고는 끝났다.

"그런데, 네 회사 쪽은 올해 어떤 상황인가?"

"신입으로, 사무직이 새로 들어왔어. 흑마법사는 아니지만."

"사무직? 그런데, 여자인가?"

의심하는 것 같은 표정으로 물었다.

"응."

"벌써, 해, 해버린 거냐, 배덕적인 행위를……?"

"안 했어!!"

큰 소리로 말했다.

"뭐야 지금 그 말은! 마치 내가 여자 직원들하고 전부 그런 걸 하고 있다는 소리 같잖아!"

"프란츠는 왠지 그럴 것 같다는 느낌이 든다. 솔직히, 너처럼 얼핏 보면 초식계입니다, 무해한 남자입니다, 처럼 보이는 녀석이 오히려 여자들을 잔뜩 건드리고 다니는 법이다! 한눈에 봐도 껄렁한 분위기인 놈들은 그런 태도를 받아들이는 여자하고만 좋은 관계가 되지만, 너 같은 놈은 보다 많은 사람들에게 먹힌다!"

어라……. 은근슬쩍 정확하게 지적하고 있는 것 같은데…….

"새로 들어온 사람하고는 정말로 아무 일도 없으니까 안심하라고……. 무엇보다 말이야, 난 사무실에서 일하는 때가 거의 없으니까, 말할 기회도 얼마 없고……."

"알았다. 프란츠의 그 말, 믿도록 하겠다."

후우…… 일단은 믿어줬나 보네.

그런데 아리에노르의 얼굴이 또 빨개졌다. 이번엔 또 뭘 물어보려는 건데?

"그런데, 프란츠여……. 오늘은 묵고 갈 셈인가? 바로 돌아갈 건가?"

아, 그 얘기구나…….

"날 부른 용건도 알았고, 당일치기는 힘들 것 같아서 일단 회사에는 내일 하루 쉰다고 해뒀어……. 그래서 묵고 가기는 할 건데…… 숙소는 아직 안 잡았거든."

올 때는 토토토 선배가 천상호에 태워줘서 꽤 빨리 왔지만, 갈 때는 전부 대중교통을 이용해야 한다. 집에는 밤늦게나 도착하겠지.

"그런가……. 여관도 없는 건 아니지만, 그다지 좋은 곳은 아니니까…… 그러니까…… 우리 집에 묵어도 된다만……?"

아리에노르의 얼굴이 오늘 본 것 중에서 최고로 빨개졌다.

이건, 또, 흑마법사적인, 사바트 같은 뭔가를 하자는 뜻이 겠지…….

아, 아직 대낮인데 아리에노르의 몸이 머릿속에 얼핏 떠올랐다.

사념(邪念)은 몰아내자. 아니, 흑마법사니까 사념이 있어야 하는 건가?

"그, 그럼…… 고맙게 생각하고, 자고 갈──."

──그때, 갑자기 안쪽 문이 열렸다.

그리고 사냥꾼처럼 생긴 남자가 나타났다.

왜 첫인상을 보고 사냥꾼이라고 생각했냐면, 얼굴에 상처가 잔뜩 나 있었기 때문이다. 여기는 숲이랑 가까운데다 최근에는 전쟁도 없었으니까, 야생동물 때문에 입은 상처라고 생각된다. 최소한 사무직인 우리 아버지한테는 그런 상처가 없었다.

그리고 자주 야외에 나가는 탓인지 피부도 거무스름하고.

결론부터 말하자면, 내 예상은 대충 비슷하게 가기는 했지만, 틀렸다.

"안녕하십니까, 프란츠 씨. 아리에노르의 부친, 단테일 카라일입니다."

"아, 아버님 되시나요!"

결국 부모와 만나고 말았다.

게다가 타이밍이 아주 좋지 않아! 조금 더, 내가 여유를 가진 뒤에 만나고 싶었는데!

말할 필요도 없이 긴장했다. 아무래도 아리에노르과 그냥 친구라고 하기에는, 관계가 조금 깊은 편이니까……. 게다가 서큐버스 사역마도 있다는 얘기까지 하면, 야단 정도는 맞을 거라고 각오해야겠지…….

"이런 시골까지 오시게 해서 죄송합니다. 차라도 한 잔 드시겠습니까? 시즈오그군은 찻잎 산지로도 유명합니다. 특히 이곳만의 방식으로 덖은 차가 아주 일품입니다."

아뇨, 됐습니다, 라고 거절할 용기는 없다.

"알겠습니다. 감사히 들도록 하겠습니다……. 그럼, 아리에노르도 같이——."

"이왕이면 단둘이서 마십시다. 프란츠 씨와 둘이서 할 얘기도 있으니."

이건, 끝장인지도 모르겠다.

아리에노르 쪽을 슬쩍 봤더니, 얼굴에 「어쩌지……」라고 쓰여 있었다.

아, 아리에노르도 어지간하면 부모님과는 만나지 않았으면 싶었던 건가. 하지만, 이미 늦었다.

"프란츠, 조심해라……."

뭐야, 그 사지(死地)로 가는 병사에게 해주는 것 같은 말은…….

◇

아버님은 나를 응접실로 안내해주셨다.

뒷문으로 들어가는 형태가 됐지만, 원래 있던 흑마법 가게 입구에서 가까운 위치다.

아마도 흑마법 일에 대한 회의나 상담 같은 것도 여기서 하겠지.

아리에노르와 많이 닮아 보이는, 어머니로 추정되는 분이 차를 가져다주신 뒤에 응접실에서 나가셨다.

현지에서 나는 차 중에서도 고급이라고 하셨는데, 맛을 느낄 여유는 없다.

가능하다면 어머님도 계셔 주셨으면 싶었지만, 바로 나가버리셨다. 진짜로 아버님이랑 단독 대면인가.

목이 엄청나게 말라서 찻잔을 입으로 가져갔다.

"차, 차가, 맛있네요……."

"그렇게 말씀해 주시니 감사하군요."

하지만, 상대가 웃고 있지를 않으니 마음이 놓이질 않는다…….

왕도 이야기나 일 이야기를 하면서 대화를 이어가보자.

이런 건 이야기의 주도권을 잡는 쪽이 좋으니까. 아마 뱀파이어 엔타야 선배도 교섭술의 철칙이라면서 그런 얘기를 해줬던 것 같고.

좋았어, 왕도 부근에서 늪지를 청소한 얘기를——

"그래서, 우리 딸하고는 어떤 관계입니까?"

그러기 전에 선제공격을 당했다!

지금 당장 정신 지배 자마법을 배우고 싶은 심정이다.

진정하나, 진정해. 이상한 짓은 아무것도 안— 한 건 아니네. 이상한 짓, 잔뜩 했으니까……. 허벅지 안쪽에 점이 있다는 것까지 알고 있고…….

"아리에노르 양과는 연수에서 알게 됐고, 동기로서 절차탁마한 관계입니다……."

이렇게 대답하는 수밖에 없다. 거짓말은 아니니까.

아무리 상대가 흑마법사라고 해도, 댁의 따님과 몇 번인가 관계를 가진 사이라는 말은 못 한다. 흑마법으로 날 죽일 테니까.

"……………………흐음, 그렇습니까."

지금 그 침묵은 뭐지.

진짜로 뭐지?

혹시 나, 인생 최대의 위기를 맞이한 건 아닐까…….

"저도 이런 자리가 익숙하지 않으니, 솔직하게 말씀드리겠습니다."

단테일 씨의 눈빛이 날카롭다.

이 날카로운 눈빛은 흑마법사라기보다는 사냥꾼의 눈빛이다.

아리에노르가 사냥에 관한 지식을 가지고 있으니까, 이분이 사냥꾼 같은 일도 하고 있을지도 모른다.

"예, 뭐든지 물어보세요⋯⋯."

아마도 「내 딸은 못 준다!」라든지, 그런 얘기겠지.

흑마법 업계에서 일한지 2년밖에 안 된 애송이한테 딸을 맡길 수 없다고 생각하는 건, 부모로서 당연한 일이겠지.

그 때는 뭐라고 대답해야 좋을까. 최소한 얌전히 물러날 수는 없다.

그렇게 되면 결국 우리 딸을 무시하는 게 된다고 할까, 부모의 말을 이용해서 도망치는 꼴이 되니까.

하지만 서큐버스 사역마가 있지만 장래에는 따님과 결혼하고 싶습니다, 라고 대답하는 것도 너무 뻔뻔하고 말이야⋯⋯. 내가 부모라면 당연히 안 된다고 말하겠지⋯⋯.

아무튼, 단테일 씨의 말을 기다렸다.

"우리 딸하고 사이에 자식이 생겨도, 상관없으니까."

"예, 아, 예. 알겠습── 예?!"

지금, 뭔가 OK라고 한 것 같은데⋯⋯.

게다가 두 단계 정도는 건너뛰어서⋯⋯.

내가 잘못 들은 건 아닐까? 그렇겠지. 맞아, 그런 거야.

"죄송하지만 잘 못 알아들었습니다. 한 번 더 말씀해 주실 수 있을까요."

"우리 딸하고 사이에 자식이 생겨도, 상관없습니다. 뒷일은 그때 가서 생각할 일입니다."

이건, 완전히 나와 아리에노르가 원거리 연애 중인데다 결혼까지 얼마 안 남았다고 생각한다는 뜻일까.

굳이 모르코 숲까지 왔으니까, 그렇게 해석할 가능성이 크다.

그렇다면, 최대한 빨리 세룰리아에 메어리와 동가하고 있다는 말을 해야겠다. 안 그러면 나중에 피해가 더 커질 것 같으니까……. 서큐버스 사역마가 있다는 말을 들으면, 역시 엄청나게 화를 내시지 않을까…….

"저기, 이런 말씀 드리기는 죄송합니다만, 흑마법사다보니 사역마가 있는데, 그게——."

"프란츠 씨가 서큐버스 사역마를 사역하고 있다는 것도 알고 있습니다."

이미 말고 계셨어!

하지만, 결과적으로는 의문이 더 커질 뿐이었다.

"실례지만…… 서큐버스 사역마가 있다는 것까지 알고 계시면서, 어째서 아리에노르 양과의 사이에 자식이 생겨도 좋다는 말씀을 하시는 거죠?"

너무 나한테 유리한 쪽으로 돌아가니까 되레 불안해졌다.

부모로서 납득할 수 있는 일인 걸까. 딸이 결혼했습니다. 남편 옆에는 예전 여자도 있습니다. 같이 살고 있습니다, 같은 일이 될 수도 있는데. 이건 정말 아니잖아.

"그건 간단한 일입니다."

여기서, 겨우 단테일 씨의 표정이 풀어졌다.

"저 자신도 흑마법사 나부랭이이기 때문입니다."

내가 흑마법사로서의 경력이 짧기 때문인지, 그 대답의 의미를 이해할 수가 없었다.

"프란츠 씨, 당신은 흑마법사 중에서도 틀림없는 큰 그릇 입니다. 어지간한 신참들하고는 차원이 다르죠. 그런 분과 의 사이에서 낳은 아이라면, 얼마든지 환영합니다. 그 아이 에게 위대한 흑마법사가 될 수 있는 재능이 있을지도 모르 는 일이니까."

절찬해주고 있다.

낯 간지러운 수준을 넘어서, 전혀 실감이 가지 않을 지경 이다.

"저는 아리에노르의 아비입니다만, 그 전에 흑마법사입 니다. 우수한 흑마법사 손주가 태어날 수 있다면 환영합니 다. 게다가 딸이 좋아하는 상대라면 더더욱 할 말이 없겠 지요."

살짝, 소름이 돋았다.

내가 케르케르 사장님 밑에서 일하고 있기 때문에 자꾸 잊어버리게 되지만——

흑마법 업계에는 흑마법 업계만의 상식이 있고, 그것은 일반적인 사회 통념과 많이 다르다.

"저기…… 그건 너무 과대평가하시는 게 아닐까요? 저

는 이제 겨우 2년 차입니다만. 마법 학교에서도 백마법만 배웠고.

"서큐버스 사역마가 있다는 시점에서 이미 그 재능은 보장된 것입니다. 게다가 『형언할 수 없는 악몽의 창시자』도 소환하셨죠? 우연만으로 얻을 수 있는 것들이 아닙니다."

이미 여러 가지 사실들을 알고 계신 것 같다.

"프란츠 씨. 당신은 다른 시대에 태어났다면 흑마법사들을 이끄는 대마법사 자리에 올랐어도 이상하지 않을 인물입니다. 저의 딸과 친하게 지내주시는 것만 해도 황송할 따름입니다."

너무 추켜 세워준 탓에, 언제 떨어질지 불안한 심정이다.

하지만, 농담하는 분위기는 아니다.

"그리고 마법사라는 자는, 저절로 우수한 마법사에게 마음이 끌리는 법입니다. 이건 어떻게 말로 설명하기 힘든 일입니다만, 프란츠 씨도 오랫동안 마법사로서 살아가다 보면 저절로 깨닫게 될 것입니다."

단테일 씨의 말에는 묘한 무게가 있었다.

적어도, 우리 아버지보다는 훨씬 무겁다.

"이건 좀 상스러운 추측입니다만, 프란츠 씨는 여러 마법사분들과 깊은 관계를 가지고 계시지 않습니까?"

"아, 예…… 뭐랄까, 어쩌다 보니……."

이젠, 차를 마실 여유도 없다.

"그것은 상대 마법사가 프란츠 씨의 마법사로서의 매력에 마음이 이끌린 결과입니다. 마법사라는 것은 위대한 마법사에게 매력을 느끼게 되는 법이니까요."

맞는 말처럼 들리기는 하지만, 마법사가 아닌 사람과도 그런 관계가 되기도 했었는데 말이야…….

"받아들이기 힘든 이야기를 해서 죄송합니다. 뭐, 대충 그런 겁니다. 흑마법사의 강점은 자유분방한 점입니다. 당신은 자신이 즐거운 쪽으로 살아가시면 됩니다. 아리에노르라면, 자식 한둘 정도는 얼마든지 키울 수 있겠죠."

거기서 한숨 돌리려는 것처럼, 단테일 씨가 자기 앞에 있는 차를 천천히 마셨다.

"게다가, 당신의 자식이라면 기뻐하며 키울 것입니다. 레스토랑에서 열심히 일하면서 말이죠."

"저기, 저도 질문을 드려도 될까요?"

흑마법사의 상식이라서 그런 건지, 이분의 발언이 너무 정신 나간 것들이다 보니 나까지 혼란스러워졌다.

"흑마법사로서는, 질이 좋은 흑마법사가 태어나는 것이 기쁜 일인지도 모릅니다. 하지만, 부모로서, 그래도 괜찮으신 건가요……?"

"예, 맹세코."

가슴에 손을 얹고, 단테일 씨가 확실하게 말했다.

시골 흑마법사라고 하기에는 엄청난 품격이 있다.

기종의 사회 관념은 이미 저 멀리 밀려났다.

역시 흑마법사는 파격적인 존재구나.

그렇기 때문에. 조금이라도 잘못 살면 스스로의 파멸로 이어진다. 그런 위험이 도사리고 있다.

나도 조심하자.

흑마법사는 당연히 사람들을 행복하게 만들어줄 수도 있지만, 아주 간단하게 불행하게 만들어버릴 수도 있다.

"그리고 프란츠 씨, 아리에노르도 흑마법사입니다. 이루고 싶은 일을 이룬다. 그것이 흑마법사의 기본 이념이라는 정도는 그 아이도 잘 알고 있습니다. 딸의 배에 아이가 깃들고, 딸이 그 아이를 낳았다면, 그것은 딸의 아이니까요."

아, 아리에노르도 아무 생각이 없었던 게 아니구나.

그 녀석도 나름대로 자기 인생을 생각하고 있었다.

만약에 아이가 생긴다면, 그건 그 녀석 나름대로의 답이라는 뜻이다.

"알겠습니다. 가능한, 아리에노르 양이 행복해질 수 있도록 노력하겠습니다."

나로서는 그렇게 대답하는 게 한계였다. 세룰리아가 있다는 사실은 무슨 수를 써도 변함이 없으니까.

"만약, 만약에 말입니다. 자식이 생기면, 저도 양육에 책임을 지겠습니다. 아리에노르 양이 힘들게 하지는 않겠습니다. 엄마 혼자 고생하면서 키우게 하지는 않겠습니다!"

그렇게 되면 나도 책임을 져야만 한다.

아리에노르의 부모님이 이렇게까지 말씀하셨으니까.

"아, 그건 걱정하지 않으셔도 됩니다."

단테일 씨가 뭔가 수첩 같은 것을 꺼냈다.

뭐지. 흑마법 계약서 같은 건가?

여기서 피의 맹세라도 하라는 걸까?

"저희는 『흑마법사 편부모 가정 보험』에 가입했으니까, 아이가 마법 학교를 졸업할 때까지는 돈이 나옵니다."

"그런 보험도 있나요?!"

뭐야, 그거……. 난 처음 듣는 얘긴데…….

"아까도 말씀드렸지만, 마법사는 보다 강한 마법사에게 마음이 끌리는 법입니다. 특히 흑마법사는 다른 마법사와 비교했을 때, 솔직히 말해서 성적인 마법도 많으니까요."

내 머릿속에 케르케르 사장님과 했던 계승식이 떠올랐다.

"그렇다보니, 옛날부터 결혼하지 않은 남녀 사이에 자식이 생기는 일도 많았습니다. 또한 흑마법사의 소질이 있는 아이를 양자로 받아들여서 제자로 키우는 것도 오랫동안 행해졌지요."

그러고 보니, 흑마법사는 부모한테 계승 받는 것보다 그런 도제 같은 느낌으로 배우는 경우가 많은 것 같기도 하네.

"즉, 마법사 중에서도 특히 흑마법사는, 모자나 부자 가정인 경우가 많습니다. 미혼이지만 자식은 있는, 그런 가정이 흔한 편이지요."

"그렇군요……. 듣고 보니, 고명한 마법사 중에도 가정을 꾸리지 않았던 사람이 많았던 것 같네요……."

"하지만, 그런 고명한 마법사라면 경제적으로도 아무 문제가 없겠지만, 그 정도 실력은 없지만 자식을 키워야만 하는 흑마법사도 있고, 제물용 소나 양을 구입하는데 돈이 너무 많이 드는 흑마법사도 있습니다. 그래서 중간에 포기하는 자들도 많아졌습니다."

"그래서 『흑마법사 편부모 가정 보험』이 생긴 건가요?"

"그렇습니다."

단테일 씨가 고개를 끄덕였다.

"이 보험이 설립될 때, 프란츠 씨가 계신 회사의 사장님도 어드바이저로 참가하셨을 것입니다."

"또 케르케르 사장님이 엮여 있어!"

대체 얼마나 많은 사회 공헌을 한 거야, 그 사람은……

사실은 케르베로스로 위장한 천사의 화신이 아닐까?

"제가 태어나기도 훨씬 전의 일이군요. 흑마법사가 3D 업종이라는 이미지가 지금보다 훨씬 강했던 시절에, 이 제도가 만들어졌습니다. 흑마법사 모자 가정이나 부자 가정을 도와줘야만 업계가 망하지 않는다고, 당시에 활동했던 분들이 말씀하셨다는 것 같습니다."

내 머릿속에서 그런 연설을 하는 케르케르 사장님의 모습이 떠올랐다.

"돈벌이가 좋지 않은 흑마법사도 자식을 마법 학교에 보낼 수 있도록 하고, 어른이 될 때까지 잘 키울 수 있게 한다── 그것이 이 보험의 취지입니다. 다음 세대를 키우지 못하는 업계는 언젠가 사람이 없어져서 멸망하게 될 테니까요."

지당하신 말씀이라고 생각합니다.

설마 모르코 숲까지 와서, 우리 사장님이 얼마나 훌륭한 분인지 새삼 확인하게 될 줄이야…….

"그러니까, 아리에노르가 아이를 낳더라도 혼자서 키워 나갈 만큼의 돈은 나옵니다. 그 아이도 당신에게 서큐버스 사역마가 있다는 것은 알고 있을 겁니다. 그래도 낳겠다면, 딸이 원하는 대로 하게 해주고 싶습니다."

나는 단테일 씨에게 고개를 숙였다.

"최대한, 진지하게 교제하도록 하겠습니다……."

지금 내릴 수 있는 결론은, 이것밖에 없다.

"그리고, 직업상 여러 여성과 그런 관계를 갖게 되는 일이 있으니, 그건 용서해 주시면 감사하겠습니다만……."

그랬더니 갑자기 단테일 씨가 호쾌하게 웃었다.

"뭐, 흑마법사라면 당연히 그래야 하지 않겠습니다. 그 또한 흑마법사의 밑거름이 되는 것입니다. 저는 결혼한 뒤에도 아내 말고 사귀는 사람이 세 명이나 있었던 시절이 있었습니다."

이 사람도 그런 사람이었어!

"아리에노르에게는 말하지 않았지만, 그 여자들과의 사이에 자식도 몇 명 있습니다. 아, 이건 부디 아리에노르에게는 말하지 말아 주십시오."

아리에노르를 빼고 이야기하자고 했던 이유가, 설마 이거

였어?!

"——그러니까, 결혼이나 이 카라일 가문을 이어간다든지 하는 데 대해서는 굳이 신경 쓰지 않으셔도 됩니다. 오히려 카라일 가문을 유지하게 해주고 싶으시다면, 저희 딸과의 사이에서 자식을 만들어주십시오."

아, 그런 관대한 풍토구나…….

그 뒤로, 단테일 씨로부터 대낮부터 하기에는 좀 그런 이야기들을 잔뜩 들었다.

"그래서 말이죠, 그 가게 아가씨가 정말 예뻤는데~."

"아, 예……."

이 사람, 야한 이야기를 하고 싶어서 미칠 지경이었지만, 말할 상대가 없어서 힘들었구나……. 우리 아버지랑은 장르가 다르지만(우리 아버지는 말이 없는 사람이다), 엉큼한 아저씨라는 점에서는 똑같다고 봐야 하나…….

단테일 씨가 완고한 분이 아니라서 그나마 다행이라고, 긍정적으로 생각하자…….

참고로 나중에 라이에노르가 무슨 이야기를 했냐고 물었다.

"미안. 흑마법사들 간의 이야기니까, 다른 사람한테 말할 수는 없어."

말하면 나는 물론이고 아버지까지 경멸하게 될 테니까 절대로 안 돼.

"그런가. 뭐, 이 숲에서 오랫동안 군림해온 흑마법사니까, 이 아리에노르의 수준으로는 들어선 안 될 일도 많겠지. 음, 더 정진하겠다."

"응, 그래……."

말로 표현할 수 없는 죄악감이 들었다.

그날은 아리에노르의 집에서 묵게 됐는데——

아리에노르가 안내해준 침실에는 침대가 하나, 베개가 두 개 있었다.

"저기………… 이건, 그런 거라고 생각하면 될까?"

아리에노르의 얼굴도 노골적인 수준으로 빨개져 있었다. 정신지배 마법에 걸린 수준으로 동요하고 있고.

"난 그냥 다른 데서 자도 되는데……."

"아니…… 나는…… 흑마법사니까 말이다……. 이상한 일은 아니다……. 그리고 너는 손님이다……. 손님은 초대한 내가, 대, 대접한다……."

나도 침을 꿀꺽 삼켰다.

"알았어……. 그럼 그 대접, 고맙게 받아…… 볼까."

그날 밤, 동틀 무렵까지 아리에노르와 흑마법사다운 일을 했다.

케르케르 사장의 오늘의 명언

「노력이란 당장 결과가
나오지 않아도, 좋은 것을
끌어들이는 법입니다」

제
7
화

목매다는 늪 친수공원 프로젝트

한여름에 들어서서, 회사에 출근하기만 해도 땀이 나게 됐을 무렵.

회사에 출근했더니 뭔가 분위기가 평소와 달랐다.

일단 한 가지 이유는 바로 알 수 있었다.

뱀파이어 엔타야 선배에 의적 레다 선배, 악어 수인 상송스 선배까지. 토토토 선배와 파피스타냐 선배는 굳이 말할 필요도 없고.

나는 토토토 선배에게 말을 걸었다.

"안녕하세요. 이거, 뭔가 하는 건가요?"

"응, 나도 오랜만에 운송 말고 다른 일이야."

"어? 그럼 대체, 뭘 하려는 거지?

토토토 선배는 다른 일을 하는 이미지가 아닌데. 노출이 심하다든지, 그런 이미지는 있어도.

"나도 바다에서 하는 일보다 이쪽을 우선시하게 됐어."

상송스 선배까지 그런 말을 하고 있다. 사람이 많이 필요한 일이 있는 것 같다.

"주인님, 별일이네요. 하지만 뭔가 커다란 일을 하려는 분위기는 느껴져요. 적당한 긴장감이라고 할까요."

세룰리아도 나와 마찬가지로 궁금하다는 표정이다.

참고로 세룰리아는, 회사에 있을 때는 지금까지와 마찬가지로 「주인님」이라고 부르고 있었다.

하지만 집에서는 최근 들어 종종 「여보」라고 부르고 있다. 회색마법 때 유사적인 결혼식을 했기 때문이다.

긴장감이라……. 재수 없는 얘기지만, 회사가 망한다든지 그런 얘기는 아니겠지……. 아냐, 회사 실적은 좋을 테니까……. 그런 상황이라면 급여를 그렇게 많이 줄 리도 없고.

그때, 케르케르 사장님이 사장실에서 나오셨다.

"여러분, 이렇게 모여 주셔서 고맙습니다."

기분 탓인지 케르케르 사장님의 얼굴에도 기합이 들어간 것처럼 보인다.

여전히 웃는 얼굴이기는 한데, 그 안쪽에서 열기가 뿜어져 나오는 것 같은…….

"멀리서 오신 분들께는 이미 말씀드렸겠지만, 지금부터 큰 프로젝트를 발표할게요!"

나도 모르게 경계했다.

양이나 소를 제물로 바쳐서, 뭔가를 소환하려는 걸까.

흑마법 프로젝트라고 하면 자꾸만 그런 걸 상상하게 된다.

"요즘 시대에도, 백마법 놈들이랑 싸우는 건가."

"이봐 메어리, 이상한 소리 하지 말라고…….."

사장님이 정말로 그런 얘기를 하면 어쩌려고 그래. 피비린내 나는 건 곤란하다고…….

"그럼, 발표하겠습니다!"

나는 침을 꿀꺽 삼켰다.

어쩌네저쩌네 해도, 메어리와 파피스타냐 선배까지 살짝 긴장하고 있다.

"———저희 회사가, 목매다는 늪 친수공원 사업을 따냈습니다!"

생각했던 것보다 안전하고 시시했다!

역시 네크로그란트 흑마법사라니까. 너무 위험한 일은 안
한다.

뭐, 거친 일을 하고 다니는 레다 선배도 있기는 하지만……

"드디어 때가 왔다. 슬슬 뭔가 큰일이 있을 거라고 생각했어."

파피스타냐 선배가 정말인지 거짓말인지, 그런 말을 했다.

타이밍을 보면 나중에 갖다 붙인 것 같은데 말이야.

"목매다는 늪이 많이 깨끗해졌으니까, 사장님이라면 그
걸 바탕으로 뭔가를 이어갈 거라고 생각했어. 그렇지 않으
면, 아무리 생각해도 너무 쉬운 일이었어."

이 말을 들어보니, 선배는 정말로 그렇게 예상했던 것 같다.

나도 입사 직후에 목매다는 늪 감시 같은 일을 했었는데,
정말 한가하다고 할 수 있는 일이었다.

남는 시간에 흑마법 공부도 했으니까, 헛수고는 아니었지만.

거기서 크루냐 씨와 만나기도 했고.

하지만 천재 그 자체인 파피스타냐 선배한테 맡기기에는,
늪 관리는 너무 시시한 일이었다.

"후후후. 그렇습니다. 모든 것은 이 큰 프로젝트를 성공
해서 흑마법 업계의 이미지 향상을 도모하기 위한, 제 장대
하고 숭고한 계획이었습니다!"

케르케르 사장님이 흐뭇한 표정으로 가슴을 활짝 폈다.

송곳니가 살짝 튀어나온 게 귀엽다.

그 때 사역마 게르게르가 자료로 보이는 종이를 입에 물고서 다가왔다.

침이 묻었으면 좀 그럴 것 같다고 생각했지만, 재주껏 물고 있었는지 그런 문제는 없었다.

자료를 펼쳐보니 작은 글자로 전문적인 공사 개요가 빽빽하게 적혀 있었다.

이건, 진짜다…….

"아, 저는 이런 거 잘 못 읽거든요……. 보자마자 졸리네요……. 흐아~~~~암."

토토토 선배가 바로 우는 소리를 하고 있지만, 당당하게 저런 소리를 하려면 상당한 용기가 있어야 할지도 모른다. 아무튼 나도 잘 모르겠다. 아니, 아직도 센 척하고 있네. 솔직히, 하나도 모르겠다…….

"자세한 내용은 제가 각자에게 지시하겠습니다. 일단 지금은 마지막 페이지를 봐주세요."

그 페이지에 있는 것은, 햇살이 밝게 비치는 속에서 남녀노소가 목매다는 늪에서 즐거운 시간을 보내는 그림이었다.

- 낚시하는 사람.
- 새를 보러 오는 어르신들.
- 조깅이나 스포츠를 즐기는 사람.
- 작은 연못에서 랍스터와 노는 아이들.
- 들에서 소풍을 즐기는 가족.

그런 사람들이 그려져 있었다.

페이지 위쪽에는 「사람과 자연의 공생. 이것이 새로운 공원 정비와 자연 보호의 형태」라고 적혀 있다. 아무리 봐도 흑마법 요소가 없는 평화로운 그림이다.

"목매다는 늪은 기분이 나쁘다는 이유로 사람들이 접근하기 힘든 곳으로 여겨졌습니다. 하지만 반대로 생각해보면 자연이 많이 남아 있고, 왕도 안에서는 볼 수 없는 다양한 야생 동물이 살고 있다는 뜻이 됩니다. 그래서 왕도에서도 부담 없이 갈 수 있고, 자연과 접할 수 있는 공원으로 바꾸는 것입니다!"

사장님이 프리젠테이션이라도 하는 것처럼 말씀하셨다.

이 회사가 흑마법 업계에서 이단이라는 건 틀림없는 사실이지만, 발상은 정말 훌륭하다.

"이 친수공원 계획에는 여러분 각자의 도움이 필요합니다! 열심히 해주세요!"

사장님이 사원 한 사람 한 사람을 보면서 말씀하셨다.

"당연히 사무 담당 무얀 씨도요."

마지막에 무얀을 보면서 싱긋 웃었다.

"사무 일도 지금까지보다 많이 늘어날 거예요. 잘 부탁드립니다!"

"아, 예……. 여, 열심히 하겠습니다!"

무얀의 아직 때가 묻지 않은 목소리가 오히려 좋은 자극이 됐다.

나도 선배로서 못난 꼴은 보이지 말아야겠지.

◇

일단 나는 파피스타냐 선배와 같은 팀이 됐다. 세룰리아
도 나랑 같이 다니니까, 3인 그룹이다.

늪은 작년에 내가 입사하자마자 배속됐던 때와 비교하면
많이 깨끗해져 있었다. 쓰레기도 많이 떠다녔었는데, 임프
들이 활약해준 덕분인지 전부 사라졌다.

"큰 프로젝트네요! 드디어 주인님도 이런 일을 맡게 되셨
군요!"

세룰리아가 평소처럼 칭찬해줬지만, 인원이 적은 회사니
까 당연히 참가했을 뿐이라고 생각했다.

어라, 그런데 아직 안 온 사람도 있네…….

아마도 마계에서 일하고 있겠지. 사장님이 케르베로스라
는 마족이니까.

파피스타냐 선배가 작업용 상세 지도를 보여줬다.

"후배 군은 이 발이 빠지는 작은 늪 쪽을 처리해줘."

목매다는 늪은 어디까지나 제일 큰 늪과 그 주변의 지명
일 뿐이고, 제일 큰 늪 주위에는 직접 연결되거나 약간 떨
어진 작은 늪들이 드문드문 있다.

그중에서도 발이 빠지는 작은 늪은, 안 그래도 어두운 목매
다는 늪 주변에서도 나무가 제일 울창하다고 할 수 있는 숲 안
쪽에 있기 때문에, 지금까지 제대로 정비한 적이 없었다.

실제로 거기까지 가는 것만 해도 큰일이다. 목매다는 늪

을 빙 돌아서 가야만 한다. 그런 덕분인지 다행히 거기서 자살한 사람은 없다. 그렇게 고생을 하면서까지 자살하고 싶은 사람은 없겠지.

"그렇군요. 친수공원을 만드는 거니까 철저하게 해야겠네요!"

세룰리아가 나보다 더 의욕을 보이고 있다. 소매를 걷어붙이려고 했지만, 원래 노출이 많아서 걷어붙일 소매가 없다.

하지만 파피스타냐 선배가 의외의 말을 했다.

"이 발이 빠지는 작은 늪은 주택 단지로 분양한다는 것 같아."

""단지?""

나와 세룰리아가 동시에 말했다.

이건 부부나 가족이라서 그런 게 아니라, 그 말을 들은 사람은 거의 똑같은 반응을 보일 거라고 생각한다.

"단지라면 그거죠? 사람이 많이 사는 집합 주택 같은 그거…… 왕도에 그런 지구가 있기는 한데……."

아무리 왕도의 인구가 늘어났다고 해도, 이런 곳까지 주택 단지로 분양해야 할 정도는 아닐 텐데. 그런 날은 영원히 오지 않을 것 같은데 말이야. 출퇴근도 힘들고.

"무엇보다, 늪은 지반이 약할 테니까 큰 건물을 올리지 못할 텐데요……."

"세룰리아 말이 맞아. 게다가 독기 같은 것도 나올 테니까, 건강에도 안 좋을 것 같고……."

"그건 괜찮다고 확인했어. 안전 검사도 통과했어."

파피스타냐 선배가 거짓말을 할 리는 없으니까, 믿는 수

밖에 없다.

"알겠습니다. 저와 세룰리아가 이 작은 늪을 맡겠습니다."

나는 뭔가 애매한 기분을 맛보면서, 발이 빠지는 작은 늪으로 이동했다.

의문이 남기는 했지만, 작업은 순조롭게 진행됐다.

일단 발이 빠지는 작은 늪에는 쓰레기가 얼마 없다. 이런 곳까지 와서 쓰레기를 버리는 바보는 거의 없으니까.

그리고—— 생각했던 것보다 물이 깨끗했다.

맑은 물이라고 할 수준은 아니지만, 지하에서 샘이 솟아나는 것 같다.

"헤에, 이름은 그렇게 기분 나쁜데 꽤 깔끔한 곳이네요."

세룰리아도 관광객처럼 이리저리 둘러보고, 물에 손을 넣어보고 했다.

하긴, 왕도 주민들이 놀러 오기에는 딱 적당할 것 같네.

"아, 주인님, 여기, 이상해요!"

세룰리아가 깜짝 놀란 것 같은 목소리로 말했다.

"왜? 뭐가 있어?"

"이쯤에 물이, 이상하게 미끈거리는데요……."

물이 미끌거려? 이상한 몬스터의 점액은 아니겠지…….

"어, 알았다. 맑은 물에서 사는 수초 표면이 미끈거리는 것 때문이군요."

세룰리아가 그 수초를 손으로 뽑았다. 분명히 보통 풀과는 분위기가 다르다.

"그거, 아마 정말로 맑은 물에서만 자라는 식물인데. 도감에서 본 적이 있어."

"이거, 좋네요. 서큐버스적으로 엄청난 이용가치가 있을 것 같은 기분이 들어요. 몸에 바르면 딱 적당하게……."

"세룰리아, 즐거운 생각 하는 중에 미안한데, 일단은 업무 시간이니까 슬슬 일에 집중해줬으면 싶거든……."

"아, 그랬었죠! 죄송해요, 혼자 너무 신이 났네요……."

"뭐, 이 상태를 보면 여기는 금세 끝날 것 같으니까. 임프랑 와이트를 소환할까."

"저도 임프를 소환할게요."

뭘 준비해야 하는지는 서류를 받았다. 이걸 주택 단지라고 불러야 하는지는 모르겠지만, 늪 주변에 목조 건물들을 몇 채 세울 계획인 것 같다.

그나저나 이걸 우리가 조립해도 법적으로 문제가 없는 걸까…….

아냐, 사장님이 당당하게 법을 어기는 짓을 하실 리가 없으니까.

우리는 임프와 와이트에게 목재를 모아서 간단한 건물을 조립하라는 지시를 내렸다.

임프들이 출발하자, 시간이 비었다. 늪에서 하는 일은 항상 이랬다.

"여보."

아, 세룰리아가 가정 모드 말투가 됐다.

"기왕에 물도 이렇게 깨끗하니까, 물놀이라도 할까요?"

"물놀이?"

"이런 거요!"

세룰리아가 늪에 들어가더니, 나한테 물을 뿌렸다.

그걸 보고 의미를 파악했다.

이거, 연인들이 바다에서 하는 그런 놀이다.

"그랬단 말이지~."

나도 세룰리아한테 물을 뿌렸다.

뭐랄까, 유난히 신혼 기분이 나네.

이렇게 야외에서 노는 것도 꽤 좋은데!

3분 뒤.

나는 어째선지 세룰리아를 쫓아서 늪가를 달리고 있었다.

"세룰리아, 거기 서~♪"

"후후후, 여보, 나 잡아보세요♪"

이것도 원래는 바닷가에서 하는 건데, 늪 주변에서 해도 되겠지.

문제는 하늘을 날 수 있는 세룰리아가 압도적으로 유리했다. 지면이 거친 데다 나무가 방해가 되고 말이야…….

중간에 세룰리아를 놓쳤다.

"이쪽인가?"

나는 나무를 헤치면서 늪 안쪽으로 갔다.

예전에 읽은 책에 의하면, 이런 데서 목욕하고 있던 미소녀와 마주치던데 말이야.

하지만, 그런 일이 있을 리가——

내 눈앞에, 늪에서 몸을 씻고 있는 알몸의 미소녀가 있었다.

일시적으로, 마법으로 뇌를 동결시켜버린 것처럼 돼버렸다.

눈앞에 실오라기 하나 걸치지 않은 미소녀가, 머리카락에서 물을 뚝뚝 떨어트리고 있다.

갈색 피부가 마치 항상 여름인 왕국 남부 섬에서 온 사람 같다.

이상한 감정은 전혀 솟아나지 않았다.

예술품을 보는 것 같은 기분에 가깝다고 해야겠지.

미소녀는 손으로 물을 떠올리고 있었다. 작은 물고기라도 있는 걸까? 아무튼 그림 같은 광경이 틀림없이. 허락 없이 알몸을 그리면 범죄가 되지만.

어라, 그런데, 왠지 어디서 본 것 같단 말이야…….

그 미소녀가 내 쪽을 봤다. 아, 이거 비명을 지를지도…….

"아, 프란츠 어흥. 이런 데서 만나다니 신기하네 어흥."

어라, 이 말투는…….

"아, 호와호와구나! 늪 트롤 호와호와!"

너무 신비로운 만남이라서 잠깐 누군지 알아보지 못했다—— 뭐야, 그럼 아는 사람 알몸을 보고 있었던 거잖아!

나는 빙글, 하고 뒤로 돌았다.

"호와호와, 질문에 질문으로 대답하는 것 같아서 미안한데, 왜 여기 있는 거야……?"

"가게는 밤부터 해. 지금은 일하지 않아도 되는 시간이야 어흥."

아니, 그런 걸 물어본 게 아니라. 미묘하게 어긋났네.

"여기는 살짝 어둡고, 기분 나쁘기도 하고…… 굳이 찾아오고 싶은 곳이 아닐 텐데……."

"오히려 왕도 근처에서는, 이 발이 빠지는 늪이 최고로 살기 편해. 늪 트롤이라면 다들 좋아할 거다 어흥어흥."

그렇구나. 늪 트롤한테는 최고의 입지인가.

"지금은 미리 보러 왔어. 여기에 좋은 집이 생긴다고 들었거든 어흥~."

그 순간, 지금까지 의문이었던 것들이 전부 하나의 선으로 이어졌다.

"혹시 주택 단지라는 게, 늪 트롤들이 살기 위한 곳이었어?!"

"자세한 건 몰라. 하지만 이 근처에 늪 트롤용 집이 생기고, 왕도 근처에서 하는 늪 트롤들이 편해질 거라고 들었거든 어흥어흥."

왕도에 대체 얼마나 많은 늪 트롤들이 있는지는 모르겠지만, 인구가 많으니까 의외로 많이 살고 있을지도 모른다.

그리고 늪 트롤한테는 왕도의 도심보다 이쪽이 훨씬 좋겠지.

게다가 이런 곳까지 들어오는 사람은 거의 없으니까.

"여보, 길이라도 잃으셨어요? 아! 호화호와!"

그때 세룰리아가 돌아왔다. 술래잡기하던 중이었지. 미안해…….

나는 세룰리아에게 사정을 설명했다.

세룰리아는 잘 알겠다는 얼굴로 고개를 끄덕였다.

"역시 케르케르 사장님이시네요. 거기까지 생각하셨다니."

"호와호와도 여기서 사는 게 기대된다 어흥~."

두 손을 번쩍 들고, 아마도 늪 트롤한테는 기쁨을 뜻하는 포즈를 하는 호와호와.

사장님이 목매다는 늪 친수공원 사업을 큰 프로젝트라고 말한 게, 이런 뜻이었는지도 모른다.

회사로서도 큰 이익이 되지만, 왕도에 사는 다양한 사람들의 행복과도 이어진다.

타인의 행복에 공헌하면서 돈도 번다. 이런 게 진정한 기업이 아닐까.

하지만 거기서 생각지도 못한 일이 벌어졌다.

"프란츠랑 만나서 기쁘다 어흥~."

호와호와가 날 꼭 끌어안았다.

옷도 안 입은 채로.

"호와호와, 일하는 중에 그러면 안 돼! 옷 좀 입어줘! 제발!"

"왜 어흥. 그냥 안는 정도면 야한 짓 하는 것도 아니잖아 어흥. 오랜만에 만난 사람이면, 왕도에서도 한단 말이야 어흥어흥."

많은 사람들이 만남과 이별을 거듭하는 왕도에서라면, 분명히 포용 장면도 그럭저럭 발생할 수도 있다.

"주인님, 업무 중에 그건 좀 심한 것 같네요. 이상한 생각 하지 마시고 참아주세요."

"말 안 해도 아무것도 안 해!"

그때 임프들이 목재를 가지고 왔고, 나와 소환한 와이트의 지시 하에 조립을 시작했다.

건물은 간이라고 할까, 정자에 바람 막는 벽을 달아놓은 정도라는 느낌이라서, 금세 하나하나 완성됐다. 늪 트롤한테는 밀폐성이 너무 강한 일반적인 건물 쪽이 더 불편하겠지.

주택 단지라고 해도, 여기서 살 수 있는 건 서른 명 정도려나. 왕도에서 살고 있는 늪 트롤들은 다른 지역에서 온 사람들까지 다 포함해도, 이 정도면 감당할 수 있는 규모라는 것 같다.

호와호와가 첫 번째로 완성된 건물에 들어가 봤다.

"응. 기분 좋네. 늪까지 걸어서 15초. 최고의 입지다 어흥~."

그리고 건물 안에서 데굴데굴 굴렀다.

무표정한 얼굴이라서 조금 이상하기는 하지만, 아무튼 만족한 것 같다.

◇

이틀 뒤, 발이 빠지는 작은 늪의 작업도 종반에 들어섰다.

그날도 호와호와가 와서, 지붕에 얹을 갈대나 억새 운반 등을 도와줬다.

도와줘도 일당은 줄 수 없으니까 굳이 안 해도 된다고 말했지만,

"늪 트롤, 자기가 살 곳은 자기가 만드는 게 당연해 어흥. 나도 조금이나마 할래 어흥."

그렇게 주장했기에, 만족할 때까지 하라고 했다.

중노동이라고 할 정도는 아니니까, 뭐 괜찮겠지.

"주인님, 도로는 정비하지 않아도 되나요?"

세룰리아가 발밑을 보면서 말했다. 세룰리아가 말한 대로 물이 고여 있는 곳들도 많다.

"그냥 둬도 된다는 것 같아. 여기는 어디까지나 늪 트롤의 주거지니까, 보통 사람들이 찾아오지 않는 게 좋다고."

물가에서 사는 늪 트롤들한테는, 길 사정이 좋지 않은 정도는 문제도 아니라는 것 같다.

그때, 가까운 늪에서 갑자기 호와호와가 불쑥 튀어나왔다.

"늪 트롤, 어차피 왕도 같은 데 나갈 때는 반대쪽 기슭까지 헤엄쳐서 가. 그쪽이 편해. 그러니까, 길 같은 건 필요 없어 어흥어흥."

"그렇구나. 관계없는 사람들이 들어오지 않는 만큼 더 안전하겠지."

보안 문제도 확실하게 고려한 것 같다.

그날 오후쯤에는 주택 단지가 다 완성됐다.

늪가에 투박한 건물들이 줄지어 있다.

"응, 꽤 좋네 어흥어흥."

도와줬던 호와호와도 달성감을 맛보고 있는지, 건물들을 가만히 바라보고 있다.

"다음에 관공서에서 입주자 추첨이 있어 어흥. 내 예상으로는 이 근처에 사는 늪 트롤들은 전부 입주할 수 있을 것 같아 어흥."

"역시 법적으로는 공영 주택 취급이구나."

"집세는 한 달에 동화 다섯 닢이야 어흥."

엄청 싸네! 그거, 허름한 여관에 하룻밤 묵는 정도 금액인데.

"그 정도면 돈을 모으기도 쉽겠네."

"응. 정말 고마워 어흥. 고향에 돈을 부쳐줄 수도 있어 어흥."

이걸로 호와호와의 생활에 여유가 생긴다면 정말 좋은 일이다.

단지가 완성됐을 때, 파피스타냐 선배가 왔다.

"후배 군, 수고했어. 이쪽도 완성된 것 같네."

"예. 예정대로 끝났어요."

"그럼 다음에는 『썩은 나무 습지』 쪽으로 이동할 거야. 거기서 다른 사람들을 도와줄 예정."

여기 지명, 전부 너무 불길하다니까⋯⋯. 그렇다고 「생글생글 친구 습지」 같은 이름을 지으면 그건 그것대로 다른 장르의 공포가 느껴지겠지만.

우리는 목매다는 늪 중간쯤에 있는 썩은 나무 습지로 갔다.

습지라는 이름답게, 계속 진흙탕이었다.

그리고 이름 그대로, 나무들이 울창하게 하늘을 뒤덮고 있다.

울창한 숲인 것 같으면서 동시에 습지다. 독특한 광경이다.

"여기 나무들은 물가에서도 잘 자라는 종류. 그래서 이런 경관이 된 거야."

파피스타냐 선배는 부엉이 사역마 모틀리 · 오르크엔테 5세의 등에 타고 이동하고 있다.

한편, 나는 세룰리아를 붙잡고서 이동하는 중이고.

"선배, 여기 잘못 빠지면 큰일 날 것 같은데요."

"가라앉으면 다시 올라오지 못하는 곳도 있다는 것 같아. 여기엔, 길을 만들 거야."

장소에 따라서는 나무로 만든 오솔길이 만들어져 있었다. 자연 관찰을 위한 산책길이겠지.

"후배 군, 세룰리아, 이 근처는 조심해. 가끔씩——."

문득, 뭔가가 다가오는 기분이 들었다.

위쪽을 보고—— 그걸 알아차렸다.

"세룰리아, 위험해! 멈춰!"

"예? 무슨 말씀이신가요?"

세룰리아는 아직 알아차리지 못한 것 같다.

쓰러진 나무다.

아무리 물가에서 잘 자란다고 해도, 썩어서 서 있지 못하게 된 나무도 있다.

그런 나무가 소리도 없이, 천천히 세룰리아에게 부딪쳐왔다.

"꺄악!"

세룰리아가 알아차렸을 때는, 딱 나무가 얼굴 한복판에 닿기 직전이었다.

이러다 부딪친다!

그런데 나무가 갑자기 멀찌감치 비켜났다.

덕분에 세룰리아가 부딪치지 않고 통과할 수 있었고.

"위기일발이었어요……."

"그러게 말이야. 내가 나무를 걷어차서 넘어트리지 않았으면 사고가 났을 거야."

쓰러진 나무쪽에서 목소리가 들려왔다 싶었더니, 토토토 선배가 쓰러져서 습지에 떠 있는 나무줄기 위에 서 있었다.

"이 주변은 아직 정비가 안 끝났으니까 조심하면서 지나가. 얼핏 봐서는 어떤 나무가 위험한지 판단할 수 없으니까."

토토토 선배는 현장 작업복 같은 재킷을 걸치고 있었다. 속옷 위에다. 저 속옷 스타일만은 양보할 수 없는 건가.

"고맙습니다……. 정말로 소리도 없이 다가오는군요……."

세룰리아가 가슴을 쓸어내렸다.

"맞아. 그래서 내가 여기를 담당하고 있어."

토토토 선배는 자신만만한 표정이다.

"어라, 그런데, 이런 데서는 천상호도 못 쓰잖아요……? 뭘 전문으로 하시는 거죠?"

선배는 운반 담당이라는 인상이 너무 컸다. 다른 일을 하는 건 본 적도 들은 적도 없고.

"어~ 프란츠 군, 그거 너무한데. 봐, 날 보면 바로 답이 나오잖아? 자, 이거 봐."

속옷 차림인 가슴께를 탁탁 두드리는 선배.

"그 모습을 보고 연상할 수 있는 거라면…… 야, 야한 건 가요……?"

대답하기 힘든 내용이라서 목소리가 작아졌다.

"이건 더 너무하네! 그렇게 말하면 내가 이상한 여자처럼 보이잖아!"

파피스타냐 선배가 작은 소리로 "이상하기는 하지"라고 한마디 했다. 예, 상식적으로 봤을 때 속옷 차림으로 일하는 사람은 이상한 사람입니다.

"힌트를 줄게. 복장은 상관없어. 속옷이건 알몸이건 전통 의상이건 아무 상관 없다고. 자, 그럼 뭐가 남을까?"

그래도 잘 모르겠네. 슬슬 맞춰달라는 마음은 느껴지지만, 모르는 건 모르는 법이니까.

"……토토토 선배가 남는데요."

"응, 거기까지는 맞았어. 나 하면 뭘까? 이만하면 답이 다 나온 거나 마찬가지잖아!"

"선배는, 예, 예뻐요……."

그런 답만 튀어나왔다.

"아~! 틀렸어! 완전히 틀렸어! 그래도 기뻐! 이렇게 대놓고 말할 줄은 몰랐거든. 그래서 엄청나게 쑥스러워……."

선배는 떠 있는 나무 위에 선 채로 두 손을 뺨에 얹었다.

"주인님, 타고난 바람둥이 같은 발언이었어요! 정말 훌륭해요!"

그거, 칭찬인가…….

"뭐야…… 갑자기 예쁜 선배라고 말하니까…… 또 상으로 좋은 일을 시켜주고 싶어지잖아……."

"저기, 그건 그것대로 기쁘긴 한데요…… 본론으로 돌아가시죠."

"프란츠 군, 내 종족이 뭐지?"

"다크 엘프죠── 아, 그런 거구나!"

이제야 알았다.

다크 엘프도 엘프다.

그렇다면 숲과 깊게 관계돼 있을 테고!

"굳이 설명할 필요도 없겠지만 일단은 해줄게. 다크 엘프인 나는 나무의 수명을 읽는 녹마법을 쓸 수 있어. 그걸 이용해서 어느 나무가 쓰러질 위험이 있는지 확인하고, 요주의 대상인 나무를 미리 쓰러트리는 거야."

거기까지 말하고, 선배는 곡예사처럼 크게 점프해서 다른 나무 위로 옮겨갔다.

거기서 주문을 영창하고, 눈을 감고, 나무에 손을 댔다.

"숲의 현자인 내가 그대에게 묻는다. 그대의 몸은 어떠한 상태인가? 남김없이 나에게 전하라."

선배의 손과 나무 사이에 녹색의 부드럽고 은은한 빛이 발생했다.

"녹마법…… 귀중한 것을 보게 됐네요. 마계에서는 쓰는 분도 극소수거든요."

세룰리아가 흥미롭다는 듯이 말했다.

분명히 불만의 여지가 없는 녹마법이다.

드래곤 스켈레톤으로 운반 일만 하는 사람이 아니었네. 토토토 선배는 다크 엘프로서의 능력도 제대로 쓸 수 있었다.

빛이 가라앉았을 때, 선배도 눈을 떴다.

"응, 이 나무는 당분간 괜찮겠어. 뿌리가 튼튼하거든. 자,

다음 나무로 가볼까."

평소의 토토토 선배와는 또 다른 멋진 느낌이다.

"그런데 우리는 뭘 하면 되지?"

파피스타냐 선배가 무표정한 얼굴로 토토토 선배에게 물었다. 우리는 녹마법 같은 건 못 쓰니까 말이야. 토토토 선배랑 똑같은 일은 못 한다.

"그럼, 습지에 쓰레기 청소 부탁해도 될까? 이런 데까지 와서 버리는 놈은 없을 것 같지만, 빗물에 쓸려서 떠밀려온 것들이 있을지도 모르니까."

우리는 중간까지 만들어놓은 습지대를 지나가는 길 위로 내려갔고, 거기서 임프와 와이트를 소환하기로 했다.

아무리 생각해도 시시한 일만 한다는 생각이 들기도 하지만, 쓰레기 청소도 중요한 일이다. 이럴 때 확실하게 해둬야겠지. 친수공원을 개장했는데 쓰레기가 잔뜩 있으면 이미지가 너무 나빠질 테니까.

임프들이 날아다니는 동안, 나는 목매다는 늪 친수공원 계획에 대한 상세한 설명을 읽었다.

- 생태계를 조사한 후에 늪에 임대 보트를 설치. 왕도 주민들의 휴식 장소로 이용하도록 한다.
- 늪 앞에 안내 센터를 설치. 친수공원에서 만날 수 있는 사계절의 동물과 식물에 대한 정보를 제공하는 동시에 박제 등을 이용한 간단한 전시도 행한다.

• 늪에 들어가기 전에 있는 광장은 스포츠 등을 할 수 있는 장소로 활용. 또한 아이들이 놀 수 있는 놀이 공간도 설치한다.

역시 사장님이 꼼꼼하게 생각하고 계신다는 걸 실감했다.

왕도의 인구가 증가하면서, 왕도 인근의 여유 토지가 사라져가고 있다.

그러다 보니 아이들이 뛰어놀 공간이 부족하다는 문제가 발생했다.

한편으로 남는 토지가 없다는 것은, 자연이 남아 있는 환경이 계속 사라져 간다는 뜻도 된다. 그렇다고 이제 와서 왕도 근처에 식물원을 만들 땅도 없고.

만약에 토지를 확보한다고 해도, 그런 걸 새로 지으려면 엄청난 금액의 세금을 들여야 하게 되고, 운영하는데도 세금을 쓰게 된다.

그런 여러 가지 과제를 효과적으로 해소하는 것이 목매다는 늪 친수공원이었다.

기존에 존재하는 늪을 이용하는 것이니까, 자연환경 유지에만 신경 쓰면 그대로 식물원이나 동물원으로 활용할 수 있다.

왕도에서 오기가 조금 귀찮기는 하지만, 아이들의 주말 놀이터 기능은 충분히 수행할 테고.

회사의 이익이 되는 것은 물론이고, 사람들의 웃는 얼굴도 볼 수 있게 된다. 정말 좋은 일인 것 같다.

만드는 쪽이 이딴 게 무슨 도움이 되겠냐는 생각을 해버리면 일할 의욕도 떨어지게 되고, 그러면서 질적 저하도 발생하게 된다.

사장님은 모든 것들이 좋은 쪽으로 이어지도록 생각하고 계시는 것이다.

그렇기 때문에 이 친구공원 계획은 반드시 성공시켜야 한다!

저녁때가 됐을 때는 썩은 나무 습지의 쓰레기 청소도 무사히 끝났다.

친수공원 계획은 상당히 빠른 속도로 진척되고 있는 것 같다.

이대로, 방해하는 놈만 없으면 참 좋겠는데——

뭐, 이 늪에 이권을 가지고 있는 갱 같은 건 없을 테니까, 괜찮겠지.

◇

그 뒤에, 또 나와 세룰리아, 파피스타냐 선배 팀은 다른 곳에서 쓰레기를 청소했다. 쓰레기 청소라고 해도, 임프들한테 지시만 할 뿐이지만.

거기서는 상송스 선배가 청마법으로 수질 검사를 하고 있었다.

"응, 여기도 이상 없음. 외래종 물고기가 들어와서 고유종이 감소하는 것도 없고. 사람들이 빠졌을 때 물 수도 있는 물고기나 동물도 확인되지 않았음. 공원 개장에 문제가 되는 건 아무것도 없네."

상송스 선배는 체크 시트 같은 것에 내용을 적고 있다.

하긴, 여기는 늪이니까 청마법도 활약할 수 있겠네. 아주 탁한 늪이면 흑마법 쪽과 관련이 있지만, 수질도 예전보다 많이 좋아진 것처럼 보인다.

친수공원의 입구에 해당하는 곳에서는 다른 업자가 안내 시설을 만들고 있다.

큰 건물을 지으려면 건설업자가 나서야 한다. 이런 것들은 각각 전문적인 회사가 있다. 건설업자들도 여러 명이 들어와서 다양한 시설들을 만들고 있다.

마침 엔타야 선배가 그쪽 회사 현장감독 분과 이야기하고 있는 모습이 보였다.

같은 공간에서 일하고 있으니까 서로 모른 척하는 것도 좋지 않고, 회사 간의 중재 같은 것도 해야겠지.

다들 자기 일을 열심히 하고 있다.

네크로그란트 흑마법사는 정말로 전문가들 집단이다.

나도 언젠가는 그 정도 수준이 되어야겠다.

그때 파피스타냐 선배가 날 불렀다.

"이제 남은 곳도 얼마 없으니까, 후배 군은 이 목매다는 늪의 구석 쪽을 체크해줬으면 좋겠어."

파피스타냐 선배의 자료에도 메모가 잔뜩 적혀 있다.

솔직히 말하자면 너무 개성적인 글씨라서 오로지 선배만 읽을 수 있지만…… 일이 대부분 끝났다는 건 사실이겠지.

『모이는 늪』이라는 작은 늪. 거기 작업이 아직 안 끝났어."

왠지 안 좋은 이름이네…….

"알겠습니다. 세룰리아랑 같이 가보겠습니다."

산책길도 많이 완성돼서, 걸어가도 힘들지가 않았다.

큰 사업인데, 겨우 2주 만에 거의 끝나가고 있네…….

하지만 세룰리아한테 그 얘기를 했더니,

"지금까지 당신과 파피스타냐 씨가 목매다는 늪의 관리 업무를 열심히 해온 게 쌓여서, 지금 그 성과가 나타나고 있는 거예요."

그렇게 말하면서 내 머리를 쓰다듬어줬다.

"거기서 얻은 방대한 양의 데이터가 작업을 빠르고 효율적으로 진행하는데 큰 도움이 되고 있어요."

"고마워 세룰리아. 그래, 나도 도움이 되고 있었네."

내가 한 일도 헛된 게 아니었다. 전부 이어져 있다.

한참동안 걸어갔더니 다른 사람과 마주쳤다.

레다 선배가 뭔가 팻말과 우체통 같은 것들을 설치하고 있었다.

"선배, 뭐 하시는 건가요?"

"아, 보는 그대로야."

팻말에는 이런 내용이 적혀 있었다.

힘들 때, 괴로울 때, 모든 것을 내던지고 싶을 때,
상담해 드립니다. 이야기를 들어드립니다.
만약에 지금 당신에 적만 있는 상황이라도,
저희는 당신 편이 되어드리겠습니다!

왕도 고민 상담소
주소 : 제2외벽 남쪽 길과 신장군 길의 교차지점 북서쪽

"이거…… 소위 말하는 자살 방지 안내판이죠……?"
우체통에는 「고민이나 힘든 일을 적어서 이 우체통에 넣으면, 매주 담당자가 확인해드립니다」라고 적혀 있었다. 이건 진짜네…….
"딱 보면 알 수 있겠지만, 자살 방지 대책이다. 여기가 자살 다발 지구였다는 건 부정할 수 없는 사실이니."
레다 선배도 후, 하고 한숨을 쉬었다.
"물론 친수공원이 되고 늪의 인기가 좋아지면, 자살을 억제할 수 있게 되겠지. 허나, 그것만으로는 부족하다. 밤이 되면 아주 조용하고 한적한 곳이 된다."
거기서 레다 선배가 자조하는 것처럼 웃었다.
"이런 짓을 해봤자 언 발에 오줌 누기라고 생각했겠지?"
"아뇨, 전혀요!"
갑자기 그런 말을 듣고 당황했다.

의미가 없다고 생각하지는 않는다. 하지만 억지력으로서 봤을 때 확실성이 낮은 건 어쩔 수 없는 일이다.

"나 자신이 그렇다고 인식하고 있다. 그래도 아무것도 안 할 수는 없다. 사장님께 부탁해서, 허가를 받았다."

거기서 레다 선배는 오른손을 쥔 채로 앞으로 뻗고, 눈을 감았다.

그것은 진혼의 뜻을 표시하는 행동이다.

지금까지 자살한 사람들에 대한.

나도 세룰리아도 아무 말도 할 수 없었다.

레다 선배가 천천히 눈을 떴다.

앞으로 이 목매다는 늪은 다시 태어날 것이다. 허나, 불행한 사건이나 사고가 없었던 일이 되는 것은 아니다. 여기서 죽어간 영혼들이 편안한 세계로 가기를, 본인은 그렇게 바라고 있다.

안대를 안 찬 레다 선배의 눈은 너무나 맑았다.

절망적인 환성에서 기어 올린 사람에게는 생존이라는 편견이 생겨버려서, 약자는 당연히 사라져야 한다는 가치관을 갖게 되는 경우가 꽤 많다고 하지만, 이 사람은 진정한 상냥함을 지니고 있다.

"미안하다. 쓸데없는 일에 어울리게 했군. 너희 일을 하러 가도록."

"예. 저도 이 늪의 마무리를 하려고 하던 참이거든요."

나와 세룰리아는 이 늪의 구석 중의 구석이라고 할 수 있는 곳에 들어와 있다.

"이 안쪽이 모이는 늪이죠."

"그렇다는 것 같다. 하지만 한참 더 가야 한다."

목매다는 늪에서 좁은 개울 같은 것과 이어져 있는, 작은 원형 늪이 있다.

그야말로 고일 것 같은 곳이다.

중심부에 있는 목매다는 늪에서 가장 멀리 떨어진 곳이다. 그 덕분에 엄밀하게 따지면 친수공원으로 설정되는 범위에서도 벗어나 있다. 최대한 신경 써서, 마지막에 확인해 두라는 뜻이려나.

빠른 걸음으로 15분 이상 걸어가서, 우리는 그 모이는 늪에 도착했다.

하지만 그 늪 가까이 왔을 때, 뭔가 이상한 기분이 들었다.

말로 표현할 수 없는 불쾌한 기분이라고 할까…….

"세룰리아, 여기, 조심하는 게 좋겠어——."

세룰리아 쪽을 보고, 확실하게 이상하다는 걸 알았다.

"뭐, 뭐죠?! 뭔가가 발에 감겨드는 것 같아요…….."

세룰리아의 발에, 수많은 검은 그림자 같은 게 달라붙어 있다!

"부럽다……." "커플이라니……." "폭발해버려……." "강제로 헤어지게 해주겠어……." "괴롭혀주겠다……." "행복해 보이는 놈들은 다 미워……."

그런 목소리가 머릿속에 울렸다. 이거, 자살한 사람들의 영혼이 모여서 생긴 악령인가?!

"모, 모이는 늪…… 저, 정말 절묘한 이름이네요……."

세룰리아의 괴로워하는 목소리를 듣고 정신이 번쩍 들었다.

말 그대로, 여기에는 목매다는 늪 일대의 망령들이 집적돼 있다.

"여, 여보…… 이 악령, 생각보다 강력해요…… 윽……."

발은 물론이고 팔까지 붙잡힌 모양이 됐다. 마비를 더욱 강하게 만든 것 같은 상태라고 할까.

"웃기지 마! 이 자식들, 세룰리아한테 무슨 짓이야!"

나는 지팡이로 마법진을 그렸다.

물론 악령 추방 마법이다. 인간에게 달라붙은 악령을 밖으로 몰아낸다.

아리에노르가 유학 왔을 때 사용할 예정이었던 마법이기도 했다.

하지만 내 손이 한 순간, 멈췄다.

"그거, 마족한테 쓰면 위험할지도 모른다." "원래 마족한테 악령이 씌우는 건 상정하지 않았으니까." "폭발해버려!"

그런 악령들의 목소리가 머릿속에 울렸다.

생각해보니 일반적으로 세룰리아 같은 상급마족한테 이런 악령들이 씌우는 일은 없다.

애당초 이 마법 자체가 인간에게 쓰는 것이고.

"후하하하!" "우리는 마족의 동맹이나 마찬가지!" "그런 우리가 마족에게 씌웠다!" "그 정도 원한이 지층처럼 축적

돼 있단 말이야!" "수백 년에 걸쳐서 쌓여왔으니까!" "마족과도 싸울 수 있다!" "폭발해버려!"

세룰리아는 어떻게든 손을 움직이려고 했지만, 역시 꽉 붙잡혀 있는 것 같은 상태다.

"이럴 수가…… 내가 악령 따위한테 굴하다니……."

원래는 마족이 무서워할 필요도 없는 악령이 강대한 힘을 지녔다. 완전히 생각지도 못한 사태다.

어쩌지? 이것 말고 이 악령들을 공격할 수 있는 흑마법이 있을까?

흑마법을 이용하면 악령을 소환하는 것도, 악령과 대화하는 것도 가능하다. 전부 초보적인 마법이고. 하지만 이 경우에는 의미가 없다.

「생명 흡수」나 「약체화」 같은 마법은 육체를 지닌 존재에게만 효과가 있다. 그래서 세룰리아한테만 피해가 가는 최악의 결과가 벌어진다.

"여, 여보…… 도…… 도, 도망쳐요……."

세룰리아의 입에서 그런 말이 나왔다.

"이 악령…… 너, 너무 위험……. 당신…… 도…… 말려들……."

이런 상황에서도 세룰리아는 날 걱정해 주고 있다.

그렇기 때문에, 도망칠 수 없다.

"여기서 도망치면 남편으로서 실격이라고."

나는 지팡이를 땅바닥에 꽂았다.

세룰리아를 구하고 싶다. 아니, 구해야만 한다.

생각해라 프란츠. 넌 네크로그란트 흑마법사의 사원이다.

다른 위대한 선배들이라면 어떻게 할까? 생각해라, 생각해.

파피스타냐 선배는 천재다. 엔타야 선배는 상급 마족인 뱀파이어다. 아마도 악령을 제압하는 마법도 알고 있겠지.

상송스 선배는 청마법사고, 토토토 선배는 녹마법도 쓴다.

아, 그렇구나.

나한테도 다른 선배들에게 지지 않는 점이 하나 있다.

우리 회사에서 백마법을 쓸 수 있는 건 나 하나뿐이다.

이걸로 상황을 타개해주겠어!

그다음은 빠르게 진행됐다.

나는 천천히 백마법 마법진을 그려나갔다.

흑마법 마법진과 비교하면 약간 우아하다고 할까, 춤추는 것처럼 그리게 된다. 심리적으로는 전혀 그런 기분이 아니지만.

선택지는 하나. 내가 알고 있는 백마법 중에서 가장 위력이 강한 걸 쓴다.

그걸로 이 상황을 헤쳐나간다.

"뭐야, 이 자식 백마법사인가?" "이 자식한테도 달라붙어." "폭발해버려! 망할 놈!"

악령이 내 몸에도 달라붙었다. 몸이 무거워졌다.

그래도, 나는 계속 마법진을 그려나갔다.

"네놈들, 모든 사악한 존재에게 고한다. 빛 앞에 굴하라. 그러지 못한다면 사라져라……."

내 영창에 악령들이 술렁이는 게 느껴졌다.

"이 자식, 사악한 자 전체를 공격하는 마법── 홀리 메테오를 쓸 셈이야!" "설마 그러면 서큐버스도 흑마법사도 무사하지 못할 텐데!" "그래, 헛소리다!"

악령 주제에 잘도 아네. 그만큼 힘이 있는 악령이라는 뜻이려나.

그래, 맞아. 홀리 메테오는 주위에 있는 사악한 것들을 전부 공격하는 마법이다.

일반적으로 마법학교에서는 파괴에 관한 마법은 가르치지 않는 경우가 많다.

학생들끼리 싸울 때 사용하기라도 하면 곤란하니까.

하지만 홀리 메테오는 사악한 놈만 대상으로 삼으니까, 교과서에도 실려 있다.

단지 이런 마법의 문제는, 여기만 피해가라는 세세한 설정을 할 수 없다.

주위에 있는 「사악한 자」를 전부 공격하게 된다.

그래서 악령들이 두려워하는 것도, 쓸 리가 없다고 하는 것도, 전부 타당한 의견이다.

그런데 말이야, 그런 상식은 안 통한다고.

네크로그란트 흑마법사 사원은 말이야, 다들 상식을 뛰어넘는 힘을 가지고 있거든.

나도 일단은 우리 회사 사원이니까, 당연히 힘을 쓸 줄 알고.

"너희들을 지워버리는 것, 이것이 유일한 자비, 받아들이라……."

"야, 뭐야! 진짜로 쓰려는 거야!" "서큐버스도 죽는다고!" "하지 마, 하지 말라고! 그냥 자살이야!" "설마, 이쪽을 폭발시키려는 건가……."

이제 와서 악령들이 당황했지만 신경 쓰지 않았다. 망설이지도 않았다.

"——터져버려라, 홀리 메테오!"

내가 영창을 마친 것과 동시에 마법진도 완성됐다.

마법진에서 수많은 빛이 유성처럼 발사됐고, 차례로 악령들에게 부딪쳤다.

비명소리는 없다. 그것을 맞은 악령은 그 자리에서 소멸했겠지.

여기에 자리 잡은 것은 억울하게 죽은 영혼들을 모아놓은 것. 하나하나는 작은 것들이니까, 간단히 사라져버렸다.

한참 동안, 빛이 어두운 숲속의 늪을 밝게 물들였다.

이런 상황에서 할 말은 아니지만, 로맨틱한 광경이다.

꽤 오랫동안, 마법진에서 발사되는 빛은 멈추지 않았다.

악령들이 그만큼 많다는 뜻이려나.

나는 그저, 가만히 그 마법이 끝나기를 기다렸다.

"아…… 우리가 폭발하는 건가——."

마지막 빛이 악령에 부딪친 것 같다.

그 늪 주위에 서 있는 것은 나와 세룰리아 둘 뿐이다.

누가 먼저랄 것도 없이 다가갔고, 그 자리에서 끌어안았다.

"여보, 여보! 고마워요!"

"세룰리아가 무사해서 다행이야! 정말 다행이야!"

나는 세룰리아의 몸을 있는 힘껏 끌어안았다.

세룰리아도 똑같이 해줬다.

"그 악령 놈들도 바보라니까. 이렇게 천사 같은 세룰리아 한테 『사악한 자』를 없애는 마법이 통할 리가 없는데."

백마법을 악용하는 마법사도 얼마든지 있겠지. 나도 싸워 본 적이 있으니까.

그래도 백마법 그 자체의 이념까지는 달라지지 않는다

사악한 자에게 효과가 있는 마법이라면, 말 그대로의 효과가 발휘된다.

이 마법은 마족을 공격하는 게 아니라, 나쁜 놈을 공격하는 것이다.

그리고 좀 더 명확한 근거도 있었다.

세룰리아의 언니 리디아 씨를 악덕 연예계 업자한테서 구해냈을 때, 백마법이 틀림없는 범죄자였던 술자 본인에게 날아간 적이 있었다.

그것과 같은 원리라면, 이번에도 세룰리아가 마법의 대상이 되는 일은 없을 것이다.

"자기는 괜찮으니까 도망치라고 말하는 존재에게 홀리 메테오가 날아간다면, 내 평생을 들여서 홀리 메테오라는 마법을 없애버렸을 거야."

"후후, 당신이 소중한 건 당연한 일이잖아요."

악령이 사라진 늪가에서, 우리는 오랫동안 끌어안고 있었다.

외진 곳이니까 방해하는 사람은 아무도 없었다.

"당신의 별명이 생각났어요."

세룰리아가 이상한 소리를 꺼냈다.

"『흑과 백의 사용자』는 어떠세요?"

"세룰리아, 작명 센스가 별로네."

솔직히 말했더니 "너무해요~"라고 말하면서 살짝 삐쳤다.

하지만 삐친 세룰리아도 정말 귀여워서 좋다.

그리고 콘셉트 자체는 적절하다고도 생각했고.

나는 백마법도 쓸 수 있는 흑마법사로서, 이 회사에서 일해야겠지.

◇

이틀 뒤 저녁, 우리 네크로그란트 흑마법사 사원들은 목매다는 늪에 모여 있었다.

케르케르 사장님이 그 자리에 오셨다.

"여러분, 정말 고맙습니다. 목매다는 늪 친수공원 사업은 무사히 완료됐습니다!"

꼬리를 힘차게 흔들면서, 사장님이 말씀하셨다.

"먼저 이 성공을 기념해서, 다음 보너스 때 여러분 모두에게 은화 30닢을 추가로 드리겠습니다!"

토토토 선배가 "신난다~! 실컷 마셔야지~!"라고 소리쳤다. 정말로 마실 분위기다……

선배의 말은 일단 넘어가고, 사장님이 계속해서 말씀하셨다.

"5세기를 살면서 별별 일들이 다 있었습니다만, 역시 저 자신도 웃고 다른 사람도 웃을 수 있는 일을 하는 게 제일 좋아요. 한참을 빙 돌아서, 이제야 그런 사실을 새삼 깨닫게 됐습니다."

정말 맞는 말이라고, 나도 마음속으로 힘차게 고개를 끄덕였다.

남들을 속여서 일시적으로 돈을 벌 수는 있다.

하지만 양심의 가책이 있다면, 결국 오래 가지는 못한다.

그래도 계속하는 것들은, 다른 사람을 속여도 아무렇지도 않은 망가져 버린 놈들뿐이다.

그런 놈들은 얼마 안 된다. 완전히 선량한 사람이 없는 것처럼, 완전히 나쁜 놈도 없는 것이다.

그렇다면 결국은 똑바로 살아가는 쪽이 이익이다.

"뭐, 이런 얘기는 여기까지 하고——."

그 때, 사장님의 사역마인 게르게르가 뭔가를 끌고 왔다.

그것은 철판이 달린 받침대와 고기와 채소 세트. 설마 이건——

"——오늘은 이 목매다는 늪에서 축하 바비큐 파티를 할 거예요!"

이번에는 사원 모두가 환호성을 질렀다.

역시 이 회사는 최고라니까!

바로 철망 위에 고기와 채소를 올렸다. 지글지글, 위장을 자극하는 소리가 난다.

메어리가 노골적으로 자기 앞에만 고기를 모아 놨다.

"너, 좀 더 균형 있게 구워 먹으란 말이야."

"괜찮아. 이 몸은 위대하니까 채소는 안 먹어도 된다고."

이상한 이론으로 자신을 정당화하는 메어리.

하지만 건강을 생각해서 채소를 잘 챙겨 먹으려고 하는 위대한 마족도 좀 이상하기는 하네.

"……그런데, 오빠 같은 말을 해주니까 좀 기쁘기는 하네."

배려해주는 게 고맙다고 생각하기는 하나보네.

나도 이해는 된다. 야단 쳐주는 사람이 있을 때가 좋은 때라는 말도 있으니까.

"좋았어, 그럼 채소는 내가 구워줄 테니까 그거 먹어."

"할 수 없지. 프란츠가 구워준다면 먹어줘야겠지."

메어리와 결론을 내렸다.

그런데 이상하게 채소가 빨리 줄어든다 싶었더니, 토토토 선배가 열심히 굽고 있었다.

"다크 엘프라면 역시 채소를 먹어야지~."

그런 건가……. 아니, 이미 술을 마셔서 취하기 시작했으니까, 그냥 대충 흘려듣는 게 좋겠다.

한편, 유난히 긴장감이 감도는 곳도 있었다.

레다 선배가 굳은 얼굴로 가만히 서 있다.

이런 평화로운 분위기를 싫어하는 건가 싶었는데, 아니었다.

"거기냐!"

짜악, 하고 손뼉을 쳤다.

거기서 뭔가가 후두둑 떨어졌다.

손뼉을 친 충격만으로 모기를 잡은 것이다.

"본인을 물려고 들다니, 천 년은 이르다. 기척을 완전히 숨기지도 못하는 주제에."

굳이 때려잡을 필요도 없이, 충격파만 가지고도 모기를 격추할 수 있구나…….

그 옆에서는 사장님이 박수를 치고 있었다.

"모기가 많은 늪이지만, 레다 씨가 있어서 안심하고 바비큐 파티를 개최할 수 있었어요."

"불속으로 뛰어드는 뭔가 하는 거다 멍."

이런 것까지 전부 고려한 건가…….

영업 전문가인 뱀파이어 엔타야 선배는 무얀이랑 크루냐 씨의 그릇에 고기를 담아서 건네주고 있었다. 서빙 담당 같은 포지션이다.

"이 회사에 들어와서, 정말 다행이다."

바비큐 파티 광경을 바라보며 그렇게 중얼거렸다.

인생의 묘지.

학생 때는 취직을 그렇게 표현하는 녀석도 있었다. 지금도 사회적으로 그런 풍조가 없는 건 아니다. 인생에서 가장 충실한 시기는 학생 시절이라고 말하는 사람도 많고.

하지만, 최소한 나한테는 지금이 인생의 전성기다.

"그렇게 말씀해 주셔서 다행이네요."

케르케르 사장님이 날 보고 있어서, 깜짝 놀랐다.

"들리셨나요……."

나쁜 말을 한 건 아니지만 그래도 창피하다.

"후후후, 제가, 귀도 좋거든요."

사장님이 윙크를 했다.

"들어오길 잘했다고 생각하게 하는 건, 회사의 기본 중에 기본이거든요. 일하는 사람이 행복하지 않으면, 회사를 만든 가치가 없으니까요."

꼬리가 꾸물꾸물 움직이는 걸 보면 기분도 좋은 것 같다.

"이 회사는 완벽해요. 전부 사장님 덕분이고요."

항상 생각하는 일이지만, 뒤풀이 자리니까 이런 얘기는 몇 번을 해도 괜찮다.

"전부 제 덕분이라는 말은 너무 심하네요~. 기껏해야 40% 정도예요."

이런 때 사장님은 정말 겸손하다. 사실 그 40%라는 숫자에는 현실감이 있다.

"선배 한 사람 한 사람이 엄청난 힘을 발휘하고 있잖아요. 그래서 이렇게 잘 돌아가는 거라고 생각해요."

톡톡, 사장님이 내 어깨를 두드렸다.

"프란츠 씨도 대단한 힘을 지니고 있어요. 자신도 그 안에 넣도록 하세요."

"이제 겨우 2년 차인 햇병아리인데요."

"앞으로 더 성장할 여지가 있다는 건, 정말 대단한 일이잖 아요."

사장님도 참, 너무 쑥스럽잖아요.

하지만 지금은 자기 비하는 하지 말자.

"위대한 선배들과 당당하게 나란히 설 수 있는 사원이 될 수 있도록 노력하겠습니다. 아니, 꼭 그렇게 되겠습니다."

나는 늪 쪽을 보고 있었다.

"그게 제 목표입니다."

주어진 일만 하고 급여를 받는 것도 나쁜 건 아니지만, 기 왕이면 좀 더 높은 곳을 목표로 삼자.

"예, 기대할게요."

이 사장님의 기대에도 응해드리자.

그리고 부모님이 자랑할 수 있는 사람이 되겠어.

아…… 그리고, 아버지는 빨리 내가 자랑할 수 있는 사람 이 돼주셨으면 좋겠고…….

본격적으로 날이 저물자, 바비큐 파티가 술자리로 변했다.

뱀파이어 엔타야 선배는 술을 깨려고 늪가의 벤치에 앉아 서 쉬고 있다. 그 옆에서는 메어리도 자고 있고.

"자, 슬슬 마무리할 시간인가."

나는 맨정신인 것 같은 세룰리아에게 말했다.

하지만, 세룰리아는 요염하게 웃었다.

"여보, 기왕 이렇게 됐으니까, 조금 더 즐겨 볼래요?"

세룰리아가 나를 인적 없는 곳으로 데려갔다. 공원 안이
니까, 그런 곳이 몇 군데 있다.

"저기, 이건……."

"가끔은요, 밤하늘 아래에서 하는 것도 좋지 않을까요?
도와주신 은혜도 갚고 싶고."

"그, 그럼…… 부탁해볼까……."

그렇게 해서, 공원에서 세룰리아와 서큐버스적인 행위를
했습니다.

"밖에서 하는 것도, 기분이 달아오르고 좋네요 ♪"

"난 아무래도 죄악감이 드는데 말이야……. 그리고, 자꾸
말하지 말고. 들릴지도 모르니까……."

실제로 뒤풀이 자리에서 담소를 나누는 소리가 여기까지
들려오고 있으니까. 그 반대도 들릴 수 있다.

"굳이 따지자면, 그런 것도, 자극적이라서 좋은 것 같은데요."

세룰리아가 조용히 웃었다.

여기서 서큐버스의 본능이 살아난 건가.

"여 · 보, 저는 아직 더 할 수 있거든요!"

나도 결심했다.

"그래, 하자고! 모기한테 물리거나 말거나 실컷 해주겠어!"

뒤풀이가 끝날 무렵, 나는 모기한테 다섯 군데 정도 물렸다.

케르케르 사장의 오늘의 명언

「일하는 사람이 행복하지
않으면, 회사를 만든
가치가 없으니까요」

케르
케르

파피스타냐 선배 스카우트 건이 무사히 해결된 뒤에, 어느 휴일.

나는 혼자서 선배의 집에 초대받았다.

아무래도 도와준 데 대한 감사를 하고 싶다는 것 같다.

그러고 보니 선배가 어디 살더라, 라고 생각하며, 주소를 보고 집으로 찾아갔다. 주소만 보면 교외에 있는 것 같은데.

── 도착한 곳은 꽤 큼직하고 좋은 집이었다.

"정원도 넓고, 어지간해서는 이런 데 못 살텐데……."

나는 약간 주눅이 들어서 문을 열고 집 안으로 들어갔다. 그대로 들어와서 현관문을 두드리라고 했으니까.

똑똑 문을 두드렸더니 조금 있다가 선배가 나왔다.

"아…… 잘 왔어, 후배 군. 자, 들어와."

어라, 기분이 안 좋은 건가. 표정이 무거워 보인다.

하지만 선배가 초대했고, 지금 막 도착했으니까 실례되는 짓은 안 했을 텐데…….

"10분 전까지 자고 있었어. 다섯 번쯤 다시 잤다가, 후배 군이 오는 날이라는 게 생각났어."

한 번쯤 다시 자는 건 흔히 있는 일이지만 다섯 번이라니, 이거 수면 부족이라서 그런 게 아닐까.

"하지만 이제 일어났으니까 괜찮아. 오늘은 내가 음식을 만들어줄게. 후배 군이 먹어줬으면 싶어."

"선배는 음식도 직접 하시는군요. 왠지 그런 이미지가 아니었는데."

솔직히 말하자면 불안하기도 했다.

도시락을 싸 와서 먹는 모습을 본 적도 없으니까 말이야…… 토토토 선배가 만든 귀여운 도시락은 여러 번 봤지만.

"괜찮아. 근거 없는 자신이라면 있어."

선배가 가슴을 활짝 펴고 말했다.

근거 없는 자신이라니, 그거, 제일 위험한 거 아닌가…….

"저기, 선배, 무리하지 않아도 되거든요? 어려울 것 같으면 어디 식당에 가서 먹어도 되니까요."

"걱정하지 않아도 돼. 사전에 준비는 해놨으니까 금방 할 수 있을 거야. 다섯 번이나 다시 잔 것도, 준비하느라 그런 거야. 그러니까, 이젠 자면서도 완성할 수 있을 정도."

아니, 아무리 그래도 자면서는 안 될 것 같거든요.

"모틀리 · 오르크엔테 5세, 요리가 완성될 때까지 안내와 시중 부탁해."

그때 인간 모습으로 변한 사역마, 모틀리 · 오르크엔테 5세가 나왔다. 이쪽 모습은 오랜만에 보네. 보통은 부엉이 모습이니까.

"자, 손님, 안내하겠습니다. 이쪽으로 오시지요."

"예, 잘 부탁드리겠습니다.

"자······ 흐아~~~~~~~~~~암, 난 요리 마지막 확인을 하고 올게."

선배가 엄청나게 긴 하품을 했다.

난 어쩌면 무시무시한 곳에 와버린 건지도 모른다.

나는 식당으로 안내받았다. 거기서 차를 대접받으면서 모틀리·오르크엔테 5세의 이야기를 들었다.

이 저택은 왕도의 어떤 귀족이 교외에 있는 영지를 상속받은 자식을 위해서 세운 집이라는 것 같다.

기나긴 세월이 지나면서 그 저택이 귀족 일족의 손에서 떠나게 됐고, 소유주가 몇 번인가 바뀐 뒤에 선배가 매입했다고 한다.

"말은 쉽지만, 이런 집을 쉽게 살 수는 없을 텐데요?"

본체가 부엉이라도 여성 모습을 하고 있으면 반말로 말하기가 힘들다. 나도 모르게 존댓말이 나온다.

"근속 연수가 수십 년이나 되면 그럭저럭 돈이 모이게 됩니다. 그리고, 매입하는 것도 가능합니다."

그러고 보니 선배는 자칭 안티에이징 미마녀였지. 미마녀라는 말로 끝낼 차원이 아니지만. (미마녀美魔女, 일본의 조어. 만 35세 이상이면서 마법이라도 사용한 것처럼 아름다운 여성을 가리키는 표현)

아, 제일 신경 쓰이는 부분을 먼저 물어보자.

"저기, 선배가 요리도 할 줄 아나요? 할 줄 안다고 했을 때, 잘하나요······?"

"요리하는 모습은 거의 기억에 없습니다. 대부분은 외식. 단, 근거 없는 자신만은 있는 것 같습니다."

불안이 더욱 커질 뿐이다.

그냥 맛없기만 하면 차라리 다행이지만, 독 같은 게 나오기라도 하면 어쩌지. 선배의 센스는 대기업에서 스카우트 제의가 들어올 정대로 천재적이지만, 그렇기 때문에 음식이라도 부를 수도 없는 무언가가 생산될 위험이 있다.

"독사가 나오는 숲을 쑤시고 다는 것 같은 표정이십니다."

"그, 그런 거 아, 아니에요!"

제대로 알아봤다.

"그 걱정도 지당한 것입니다. 하나, 괜한 고생으로 추정됩니다. 제 주인의 기량은 공전절후, 깜짝 놀라게 되실 겁니다."

"역시 주인을 신뢰하고 있군요."

이 사역마와 주인의 관계도 정말 좋은 관계라고 생각한다.

확신이 없으면, 아무리 사역마라고해도 이렇게까지 말하지는 못하겠지.

"이것은 그저 사실일 뿐. 위대한 주인을 섬기게 돼서, 저도 행복할 따름입니다."

모틀리·오르크엔테 5세도 자랑스러워하는 표정을 지었다.

그때 앞치마 차림의 선배가 식당으로 왔다.

선배의 캐릭터에 어울리지 않을 정도로 귀여운, 왠지 어린아이 같은 앞치마였다.

"다 됐어. 꽤 자신작."

"알겠습니다. 잘 부탁드릴게요. 그럼, 기다리겠습니다."

"아니, 벌써 가지고 왔어."

어? 선배 손에는 접시도 그릇도 없는데.

설마 바보한테는 안 보이는 음식이라도 만든 건가? 선배라면 의외로 그럴 것도 같은데…….

선배가 오른손을 내밀더니 테이블 위에 뭔가를 올려놨다.

작은 알갱이가 테이블 위에 놓여 있다. 완두콩 정도 크기다.

"저기, 이게 뭔가요?"

"온갖 영양을 담은 환약. 이거 한 알이면 한 끼 식사나 마찬가지."

디스토피아적인 밥!

하지만 선배가 의기양양한 표정인 걸 보면 장난은 아닌 것 같다.

"건강에 좋은 다양한 성분을 녹여서 담았어. 소화도 잘되니까, 물 없이 그냥 삼키면 바로 효과를 발휘해. 이걸로 바쁠 때도 10초 만에 식사를 끝낼 수 있어."

"그건 그것대로 대단하지만, 사람을 초대해서 먹일 물건은 아니거든요!"

생각지도 못한 걸 대접받았다.

하지만 선배가 빨리 먹어보라는 표정을 짓고 있으니까,

먹어볼까. 보라색의, 아무리 봐도 독 같은 국물보다는 훨씬 나으니까.

나는 그 작은 환약을 하나 삼켰다.

다음 순간, 배가 적당히 불러왔다.

"우와! 정말로 밥 먹은 직후 같은 기분이 드네요!"

이다음에 뭔가 다른 음식을 먹고 싶은 생각이 들지 않는다. 굳이 먹는다고 해도 디저트 정도겠지.

하지만, 그게 전부가 아니었다.

"잘은 모르겠지만, 묘하게 심신이 충실해진 것 같다고 할까, 집중력이 강화된 것 같기도 하고……."

"지금이라면, 평소보다 몇 배로 집중해서 어떤 일에 매달릴 수 있어. 그런 성분도 들어 있어. 내 마법 지식을 최대한 활용한 성과."

그렇구나. 건강 보조제 같은 요소도 있는 거구나. 역시 선배는 천재라니까.

"또, 다른 효과도 있어. 이 틈에 잠깐 이탈할게."

그러더니 선배가 발을 돌려서 식당 밖으로 나갔다. 디저트라도 가지고 오려는 걸까?

3분 정도 지났더니, 환약의 다음 효과로 추정되는 것이 찾아왔다.

도저히, 입에 담을 수 없는 것이.

하반신이 이상하게 근질거린다…….

선배, 다양한 효과가 있는 환약으로 만들었다고 했는

데——

설마, 정력 증강 효과도 있는 건가?

충분히 그럴 수 있다. 선배라면 환약 한 알만 먹으면 모든 요소를 도핑해주는 효과를 발휘할 수 있는 물건을 만들었다고 해도 이상한 일은 아닐 테니까.

"저기…… 화장실이 어디죠……?"

모틀리 : 오르크엔테 5세에게 물었다.

아까 집중력이 강화됐다고 생각했었는데, 그걸 묻어버릴 정도로 흥분해 있다. 그나저나 각 성분이 서로 반발하고 있는 것 같은 기분도 든다. 뭐든지 효과가 있기만 하면 좋은 게 아니구나.

지저분한 얘기지만, 일단 물을 한 번 빼는 게 좋을 것 같다. 의도적으로 현자 상태가 돼야…….

어째선지 모틀리 · 오르크엔테가 5세가 고개를 돌렸다. 어? 무슨 뜻이지……?

"후배 군, 오래 기다렸지."

그때 선배가 돌아왔다.

하지만 아까랑 뭔가가 달랐다.

아, 그런 건가.

아까랑 똑같은 앞치마를 입고 있지만—— 앞치마 밑에 아무것도 안 입었다.

"아마도, 후배 군이 울끈불끈하고 있을 것 같거든. 나라도 좋다면……."

선배가 앞치마를 살짝 들어 올렸다.

얼굴이 살짝 발그레해져서.

"……먹어도 되는데, 어쩔 거야?"

틀렸다. 도저히 이성을 유지할 수 없게 철저하게 준비했
잖아.

"그, 그럼…… 말씀하신 대로, 감사히 먹겠습니다…….."

나는 다른 방으로 이동해서, 한참 동안 선배와 둘이서 흑
마법사들이 밤에 할 것 같은 일을 했다.

상당히 긴 싸움을 마친 뒤에, 침대에서 선배한테 안겨 있
었다.

환약 때문인지 피곤하다는 느낌은 전혀 없다.

"선배, 혹시 오늘의 메인 요리는 이쪽이었나요?"

전부 선배의 계획대로, 지금 여기서 이러고 있는 게 아닐
까. 그러고 보니 스카우트 때 답례라고 했으면서, 세룰리아
랑 메어리는 빼고 나만 불렀잖아.

"후배 군은 너무 깊은 것까지 신경 쓰지 않아도 돼."

선배가 자기 가슴으로 내 얼굴을 눌렀다. 그런 공격은 치
사하다고 생각하거든요. 도저히 추궁할 수가 없게 돼버리
잖아요.

"나도, 이렇게 후배 군을 느끼고 싶을 때가 있어. 그리
고…………."

선배가 원래 또박또박 말하는 타입이 아니기는 했지만,
이때는 평소보다 더 알아듣기 힘들다는 느낌이었다.

"…………여성은, 나이를 먹으면, 하고 싶은 마음이 오히려 강해…… 진다는 것 같다…….."

아니, 제대로 알아들었네…….

그거 그냥 속설이 아닌가 싶기도 했지만, 선배가 그렇게 말한다면 믿어야 하겠지.

선배 말대로 후배는 너무 깊은 것까지 신경 쓰지 않아도 된다.

"그럼 선배, 조금 더 먹어도 될까요?"

손가락으로 선배의 배를 쓰다듬었다.

"하응……" 하는 높은 톤의 목소리가 흘러나왔다.

아무래도 선배의 감도가 유난히 예민해져 있는 것 같다.

"……후배 군은, 아직 괜찮아?"

상냥한 선배는 내 쪽을 신경 써줬다.

"선배가 만들어주신 그 환약 덕분에 아직도 힘이 넘쳐요. 어지간해서는 현자 모드에 들어갈 것 같지가 않네요."

"……알았어."

얼굴이 약간 떨어져 있는 덕분에, 선배가 쑥스러워하는 모습을 제대로 볼 수 있었다.

아까까지는 그렇게 흐트러지고, 적극적이었으면서, 여기서 쑥스러워하는 건 이상하거든요.

다음에는 나와 선배 중에 누가 먼저 요구할지 모르는 일이다. 하지만 양쪽 모두 타협을 해야 한다는 것만은 틀림없다고 생각했다.

"후배 군, 다시 한번, 고마워. 이 회사에 남은 건 후배 군 덕분이니까."

또 선배가 나를 안아줬다. 부드럽고, 살짝 따뜻한 피부.

"아마, 제가 아무것도 못 했더라도, 선배는 이쪽을 선택했을 거예요."

솔직히 케르케르 사장님이라면 일 년이나 이 년 뒤에 돌아와도 반갑게 받아주실 것 같으니까, 이직한 곳에서 파벌 싸움에 말려들었어도 괜찮았을 것 같다는 생각도 든다……

"그래도, 후배 군이 날 위해서 열심히 노력했다는 건 알고 있고, 정말 기쁘니까."

"그렇게 말해주신다면 영광이네요."

나도 선배를 꽉 안아줬다.

"응, 앞으로도 잘 부탁해…… 프란츠."

갑자기, 내 이름을 불러줬다.

갑작스러운 일 때문에 내 얼굴이 엄청나게 빨개진 것 같다.

"이런 때는 선배도 후배도 아니니까."

선배가 웃는 걸 알 수 있다.

"서, 선배…… 자칭 미마녀라고 할만도 하네요……."

내 마음을 가지고 노는 방법을 너무 잘 알고 있어……

◇

"주인님, 오늘은 유난히 피곤해 보이시네요."

저녁을 먹고, 나는 소파에 누워 있었다. 세실리아가 그런 나를 걱정해줬다.

"응……. 집에 왔더니 갑자기 피로가 밀려오네……."

이유는 명백했다. 환약의 효과가 떨어졌기 때문이겠지.

"뭐~ 피곤할 만도 하지. 선배네 집에 불려갔으니 심적으로 많이 지쳤겠지. 이 몸은 자신보다 높은 존재가 거의 없어서 잘 모르겠지만."

메어리가 내 머리 위에서 파닥파닥 날아다니면서 놀리고 있다. 심적으로 지친 건 아니지만, 괜히 더 피곤해질 테니까 그냥 아무 말도 하지 말자.

그런 메어리가 일시적으로 시야에서 사라졌다. 세룰리아가 내 얼굴을 들여다봤기 때문이다.

"주인님."

"응, 너무 걱정하지 않아도 돼. 병에 걸린 건 아니니까——."

"상당히 열심히 하셨나보네요."

쿡쿡, 세룰리아가 웃었다.

그 반응, 들킨 것 같잖아!

아, 저쪽에서 메어리가 더러운 걸 보는 눈으로 날 보고 있어!

"그것도 서큐버스인 저도 힘들 정도로요. 혹시 본업 서큐버스를 만나신 게 아닌가요? 그런 가게에 다녀오셨나요?"

들키지는 않았지만, 그걸 넘어서 엉뚱한 오해를 사고 있다.

"그런 거 아냐! 정말로 아니라고!"

"저기, 저는 딱히 나무라는 게 아니라, 후학을 위해서 어느 가게의 서큐버스인지 알고 싶을 뿐이거든요."

"그러니까, 그런 가게는 안 갔다고!"

그날 밤, 피곤하기는 했지만 쓸데없이 집중력이 높아진 상태였기 때문에, 읽다 말았던 책을 단숨에 다 읽어버린 뒤에 잠이 들었다.

◆끝◆

작가 후기

여러분, 꽤 오랜만입니다! 『젊은이들의 흑마법 기피』 5권입니다!

이번에도 업무에 관한 소재를 섞어서 전해드렸습니다!

뭐, 스카우트 같은 게 정말로 있느냐고 생각하는 분들도 계시겠지만, 업종에 따라서는 은근히 많습니다.

실제로 저도 친구가 스카우트 제의를 받았다는 이야기를 들은 적이 있습니다. 솔직히, 그런 게 정말로 있구나~ 라고 생각했었죠.

가능하다면 저한테도 스카우트 제의라든지 미인계 같은 걸 해줬으면 좋겠지만, 그런 일은 단 한 번도 없이 담담하게 살아가고 있습니다.

그나저나 애당초 소설을 쓰고 있는 개인 사업자는 어느 회사에 소속된 게 아니니까, 스카우트를 할 수도 없네요……. 근본적으로 불가능한 상태입니다…….

아무 일도 없는 게 제일이라고 하니까, 이대로 담담하게 살아갈까 합니다.

하지만 꼭 미인계가 아니라도, 미인과 관계된 뭔가는 항상 기다리고 있습니다.

그리고 이번에 「크루냐, 마음의 병」 편이 수록됐는데, 이것은 제 주위에 비슷한 일을 겪은 사람이 많았던 것 같았기 때문입니다.

현실 인생은 이 작품에서처럼 즐거운 일만 아니라는 걸
저 자신도 뼈저리게 느껴왔습니다만, 하다못해 피할 수 있
는 불이익은 피하면서 살아가고 싶다는 생각으로 이 원고를
썼습니다.

　아무튼 회사 때문에 병에 걸리는 일은, 정말로 막을 수 있
다면 막고 싶은 일입니다……. 저도 친구가 말려들 뻔했던
일이 있어서, 그때의 분노도 담으면서 써나갔습니다(아무래
도 구체적인 이름은 적을 수 없다 보니, 어쩔 수 없이 빙 돌려서 표현하는 수
밖에 없었습니다……).

　대부분의 경우, 마음이 힘들어지면 수많은 선택지들이 거
의 보이지 않게 돼버리면서 도망칠 수도 없게 됩니다. 그런
경우를 몇 번이나 봐왔습니다. 도와달라고 부탁하는, 평소
같으면 아주 간단하게 떠올릴 수 있는 선택지도 보이지 않
게 돼버립니다.

　뭔가 이상하다고 깨달았을 때, 한 걸음 멈춰 서서 선택지
가 있다는 걸 확인할 수 있는, 그런 사소한 계기가 되어드
릴 수 있다면 정말 좋겠습니다.

　그리고 면접 편은— 일단 제가 구직 활동 중에 면접을 봤
던, 압박 면접을 했던 회사는 절대로 용서할 수 없다고 생
각합니다. 면접이란 형식적으로는 대등한 관계에서 하는
것인데, 압박하는 시점에서 이미 상당한 실례라고 생각합
니다. 솔직히 말해서 면접 보러 가는데 썼던 교통비를 돌려

줬으면 싶습니다. 교토에서 나고야까지 가느라 교통비가 꽤 들었는데…….

자, 진지한 이야기를 했으니까, 지금부터는 즐거운 이야기! 만화 앱 「만화 UP!」과 「니코니코 정화」 등에서 연재하고 있는 이즈미 코키 선생님이 그려주신 만화판, 물론 여러분도 읽고 계시겠죠?

아마도 90% 이상의 분들이 읽고 계시리라고 막연하게 생각하고 있습니다만, 만약 아직 안 보셨다면 꼭 읽어봐 주세요! 정말 재미있습니다!

저도 만화를 어느 정도 읽었다고 생각했는데, 정말이지 이즈미 선생님 같은 방식으로 접근하리라고는 생각도 못 해봤습니다.

회사원 만화로서도, 그리고 야시시한 만화로서도 양립하는 게 가능할 줄이야……. 게다가 만화라서 사용할 수 있는 두고도 어느 정도 제한되는 상황인데 이렇게 해내다니, 정말 대단하다고밖에 할 말이 없습니다.

그런 만화가 2권까지 발매 중입니다. 아직 구입하지 않으신 분은 빨리 구입해 주세요!

47AgDragon 선생님, 이번에도 아름다운 일러스트를 그려주셔서 정말 감사합니다. 앞으로도 잘 부탁드리겠습니다.

그리고 이 책을 구입해주신 독자 여러분! 정말 감사합니다! 여러분께서 구입해주신 덕분에 이 시리즈를 계속 이어나갈 수 있습니다!

「소설가가 되자」 연재에서 이미 읽으신 분도 계시겠지만, 이 책에 수록된 보너스 에피소드도 기합을 넣어서 열심히 썼으니, 그쪽을 즐겨 주시면 감사하겠습니다!

프란츠의 싸움은 계속됩니다. 앞으로도 응원해주시면 감사하겠습니다.

그럼, 6권에서 또 뵙겠습니다!

모리타 키세츠

WAKAMONO NO KUROMAHOU BANARE GA SHINKOKU DESUGA,
SHUSHOKU SHITE MITARA TAIGUU II SHI, SHACHO MO TSUKAIMA MO
KAWAIKUTE SAIKO DESU! Vol.5

**젊은이들의 흑마법 기피가 심각합니다만, 취직해보니 대우도 좋고
사장도 사역마도 귀여워서 최고입니다! 5**

2020년 4월 7일 1판 1쇄 인쇄
2020년 4월 14일 1판 1쇄 발행

저   자 모리타 키세츠
일 러 스 트 47AgDragon
옮 긴 이 김정규
발 행 인 유재옥
본 부 장 조병권
담당편집자 정영길
편 집 1 팀 정영길 김민지 조찬희
편 집 2 팀 김다솜 이본느
편 집 3 팀 오준영 김효연 박상섭
미   술 강혜린 박은정
라이츠담당 김슬비 한주원
디 지 털 전준호 박지혜 이성호
발 행 처 ㈜소미미디어
제 작 처 코리아피앤피
등   록 제2015-000008호
주   소 서울시 마포구 토정로 222, 403호 (신수동, 한국출판콘텐츠센터)
판   매 ㈜소미미디어
마 케 팅 한민지
물   류 허석용 최태욱
전   화 편집부 (070)4164-3962, 3963 기획실 (02)567-3388
           판매 및 마케팅 (02)567-3388, Fax (02)322-7665

ISBN 979-11-6507-499-9 04830
     979-11-6190-568-6 (세트)